KB233156

새로운 도전을 위하여

근면과 성실로 무장한,
옳은 길을 위해서라면 두려움 없이 전진한 인생

새로운 도전을 위하여

펴 낸 날   2026년 2월 25일

지 은 이   방운제
펴 낸 이   이기성
기획편집   최인용, 권희연, 이서은
표지디자인   최인용
책임마케팅   이수영, 김정훈
펴 낸 곳   도서출판 생각나눔
출판등록   제 2018-000288호
주   소   경기 고양시 덕양구 청초로 66, 덕은리버워크 B동 1708호, 1709호
전   화   02-325-5100
팩   스   02-325-5101
홈페이지   www.생각나눔.kr
이 메 일   bookmain@think-book.com

• 책값은 표지 뒷면에 표기되어 있습니다.
  ISBN 979-11-7048-973-3(03810)

새로운
도전을
위하여

근면과 성실로 무장한,
옳은 길을 위해서라면 두려움 없이 전진한 인생

생각나눔

◆ ◆ ◆

　나의 인생은 미완성이다. 어디 나의 인생뿐이랴. 모든 사람의 인생이 미완성일 것이다. 그 이유는 누구나 인생을 한 번 살기 때문이다. 만약 두 번째 인생이 있다면 그 삶은 조금 더 완성에 가깝지 않을까.

　가수 이승철은 아마추어라는 노래에서 이렇게 읊조렸다.

　"아무도 가르쳐 주지 않기에, 모두가 처음 서 보기 때문에, 우리는 세상이란 무대에 선, 모두 다 같은 아마추어야"

　내 인생이 완벽하지는 않지만, 미숙함과 부족함으로 점철된 삶이지만, 그래도 내가 자신하는 것은 하나 있다. 부지런하고 성실하다는 것이다. 평소 나를 칭찬하지 않는 나의 부인 산옥씨도 그것 하나만큼은 인정한다.

　"공식이 아빠 부지런하고 성실한 것만큼은 내가 인정해."

　내가 부지런하고 성실하게 살아왔고, 그렇게 살 수 있는 이유는 부모님의 영향 때문이다. 아버지와 어머니는 내가 어릴 적 "부지런해야 먹고 산다."라고 늘 강조했다. 그리고 몸소 부지런함을 실천했다. 두 분은 아침 일찍 일어나서 일터로 나갔고, 피곤하다는 이유로 쉰 적이 없다. 그런 말을 듣고 그런 행동을 보고 성장했기에 나의 삶은 늘 부지런했다. 새벽 5시면 일어난다. 오전 6시가 되기 전에 회사에 출근해서 하루 업무를 시작한다.

환갑을 갓 넘긴 나의 인생 대부분은 노동운동의 역사였다. 그 노동운동의 역사는 일진전기 입사로부터 본격적으로 시작된다. 일진전기의 노동 패러다임을 바꾸었고, 21년째 노조위원장으로 활동하고 있다. 그 기간에 해고된 노동자들을 위해 함께 투쟁했던 7년의 기억은 나의 노동운동 역사에서 가장 기억될 시간이다. 한국노총 안산지역지부 의장에 당선됐을 때보다 더 오래도록 기억되고 보람된 추억으로 간직될 것이다.

나의 인생에서 가장 잘한 일은, 가장 성공적인 일은 나의 아내 산옥씨와 결혼한 것이다. 나는 가정에는 도움이 되지 않는 남편이고 아빠다. 노동운동을 한다고 대부분의 시간을 집 밖에서 사용했다. 시간뿐만이 아니라 나의 에너지를, 돈을, 가정을 위해서보다 노동운동을 하는데 동료들을 위한 일에 사용하는 데 소비했다. 산옥 씨가 아니었다면 우리 아이들이 건강하게 성장하고,

우리 가정이 아늑한 보금자리를 꾸려가는 것이 불가능했을 것이다. 나의 아내 산옥 씨에게는 늘 감사하는 마음을 갖고 있다.

내가 노동운동을 열심히 하는 것을 가족들이 이해하지 못했었다. 돈도 많이 벌지 못하면서 노동운동을 한다고 밖으로 나대니 집사람이 좋아하지 않는 것은 당연했다. 두 아들도 마찬가지였다. 앞장서서 노동운동을 하는 아버지를 이해하지 못했다. 그것이 자신들에게는 우리 집에는 아무런 도움이 되지 않기 때문이다.

그런데 최근 가족들이 수십 년간 활동해 온 나의 노동운동을 이해하기 시작했다. 아내도 아들들도 "아빠 같이 앞장서는 사람이 있어야 한다."라는 것이었다. 가족들의 이해는 나에게 큰 힘이 된다. 내가 이 책을 출간할 용기를 낸 것도 내 가족이 나의 노동운동을 인정해 주었기 때문이다.

나의 삶은 완벽하지 않았다. 앞으로도 그럴 것이다. 다만 나는 불의와 타협하지 않았다. 정의를 위한 길에는 두려움 없이 전진했다. 위협에 굴복하지 않았고, 달콤한 유혹과 타협하지 않았다.

내세울 것은 없지만, 부족함으로 점철된 삶을 살았지만 나 자신이 부끄럽지 않은 삶을 살았다는 것을 보여주기 위해서 이 책을 썼다. 나의 아들들에게는 아버지의 삶이 부끄럽지 않았다는 것을 이 책을 통해서 말해주고자 한다. 나의 동료들에게는 드러내지 않았던 내 인생의 속살을 살짝 보여주고자 한다.

사람은 누구나 딱 한 번 인생을 산다. 그렇기에 모든 이의 인생은 부족하다. 결점투성이다. 나의 인생은 더욱 그렇다. 그럼에도 용기를 내서 자서전을 출간한다. 독자 여러분들의 애정 어린 응원을 부탁드린다.

차 례

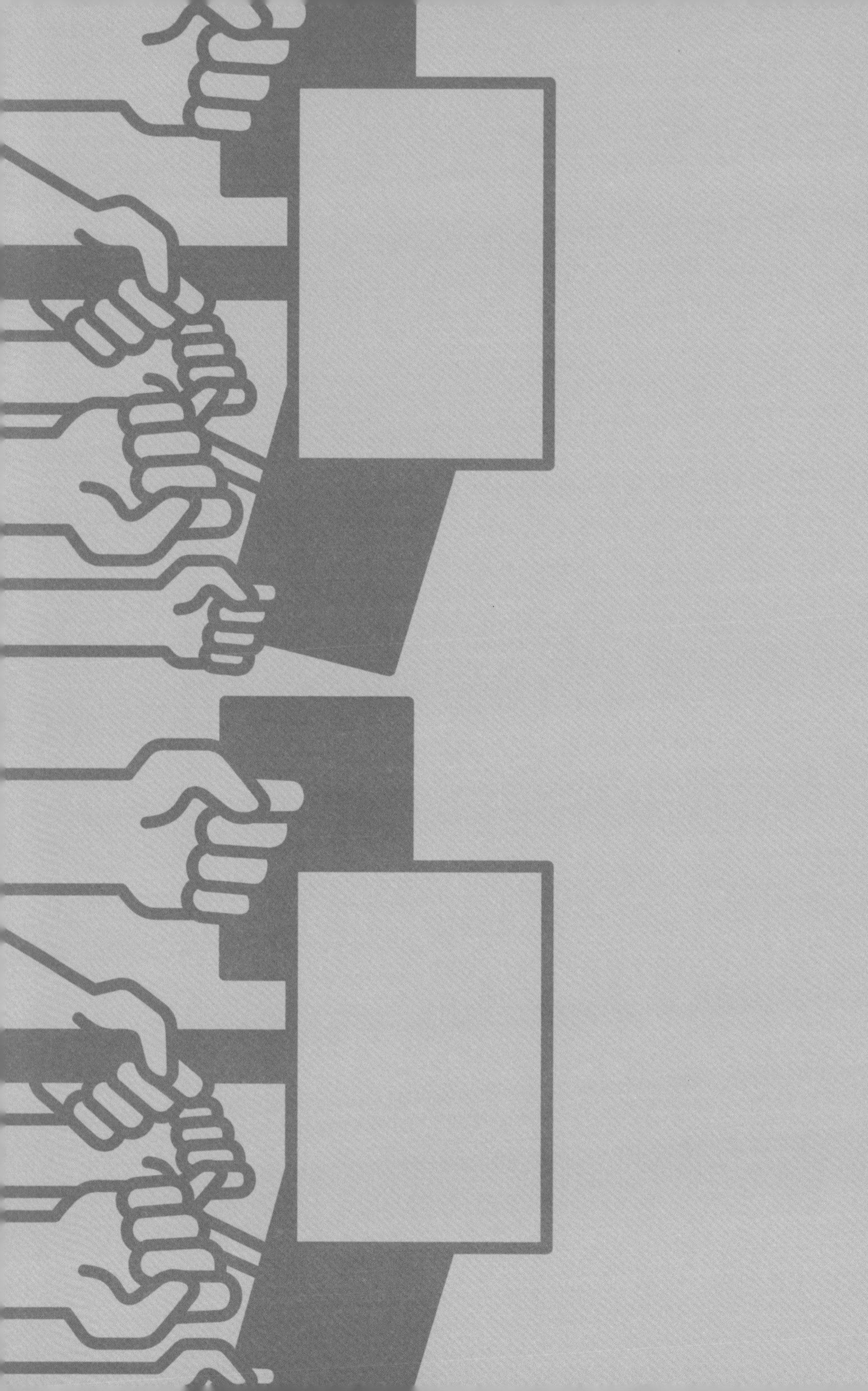

제1장

복 선

🚢 자동차 수출용 화물선을 타고

1988년 대한민국이 역사상 처음으로 올림픽을 개최하던 그해. 대한민국은 연초부터 올림픽 열기로 뜨거웠다. 올림픽은 개발도상국인 대한민국을 전 세계에 알릴 기회였다. 대한민국이 정치적으로는 군사정권의 옷을 벗고 민주화의 길로 들어서고 있었다. 그러나 아직은 가난한 나라였다. 1인당 국민총소득(GNI)이 5천 달러가 되지 않았다. 2025년 대한민국 1인당 국민총소득(GNI)은 3만 6,745달러다. 1988년 대한민국은 지금과는 비교할 수 없을 정도로 가난한 나라였다.

가난한 나라의 국민이었던 나는 일본으로 가서 배를 탔다. 수출하는 차량을 실은 화물선을 탄 것이다. 당시 일본은 우리나라와는 달랐다. 선진국이었고 부자나라였다. 일본 화물선을 타면 월급이 많았다. 우리나라 보통 근로자의 임금보다 3배 이상 높은 금액을 받았다. 해양전문대학을 졸업했다는 것은 곧 해외를 순회하는 외항선을 탄다는 것을 의미했다. 외항선을 3년간 타는 것으로 군복무를 대체할 수도 있었다. 그렇게 생각하면 외항선을 타는 것은 일거양득이었다. 군복무를 면제받고, 큰돈을 버는 것이다. 3년 정도 외항선을 타면 도시에서 집을 한 채 살 수 있을 정도의 돈을 벌었다.

1988년 봄. 대한민국이 올림픽 열기로 뜨겁게 달아오르던 그때 나는 일본이 수출하는 자동차를 가득 실은 화물선에 승선했다. 당시 직급은 3등 기관사였다. 내 위로 1, 2등기관사와 기관장이 있다.

해외를 나가는 화물선에 처음 승선했기 때문에 배운다는 자세로 차분하게 근무했다. 기관사는 자기가 맡은 일만 하면 된다. 그렇기에 특별히 힘들지도 않았고 문제가 될 일도 발생하지 않았다.

바다는 푸르다. 배를 타고 넓은 바다 한가운데로 나가본 적이 있는가. 그렇다면 바다를 알 것이다. 태평양 한가운데에 가면 하늘도 파랗고 바다도 파랗다. 보이는 것은 하늘과 바다뿐이다. 하지만 그 바다는 영화에서 보는 것처럼 잔잔하고 고요하지만은 않다. 어떤 날은 바람이 휘몰아치고, 높은 파도가 성난 듯이 몰아친다. 하늘이 잿빛처럼 어두워지기도 하고, 하얀 구름이 손에 잡힐 듯 내려앉기도 한다. 바다는 하루도 똑같은 날이 없다.

그렇지만 선상의 생활은 지루하다. 일상이 단조롭기 때문이다.

아침에 눈을 뜨면 배 안이고, 하루 종일 배 안에서 생활하고, 다시 배 안에서 잠자리에 든다.

배 안에서 생활은 고독하다. 배 안에도 물론 친구가 있다. 2십여 명의 인원이 몇 개월을 때로는 1년을 함께 배 안에서 생활하기에 정이 든다. 어떤 때는 가족 같기도 하고 친구 같기도 하다. 하지만 그것은 직장에서 맺어진 인연이다. 가족이 보고 싶고, 친구가 그립다. 바다 한가운데 떠 있는 화물선에서의 생활은 고독과 외로움의 연속이다.

그렇게 몇 개월을 보낸다. 지금은 위성통신이 발달해서 바다 한가운데에서도 TV 시청이 가능하다. 스마트폰을 사용할 수도 있다. 하지만 1988년에는 그런 것이 불가능하던 시절이었다. 밥을 먹고 일을 하고 밥을 먹고 휴식 시간에 탁구하고. 이런 비슷한 생활들이 이어진다. 그런 단조로운 생활이기에 먹는 것이 삶의 가장 중요한 부분 중 하나다. 먹는 즐거움이 육상에서 느끼는 것보다 훨씬 더 큰 부분을 차지한다.

그런데 먹는 즐거움. 그것에 대한 불만으로 내가 타고 있던 화물선에서 일대 소동이 벌어졌다.

🚢 화물선 선원들의 불만

전 세계를 순회하는 화물선에 한 번 승선하면 1년간을 그 배 안에서 생활한다. 1년 내내 바다 위에만 있는 것은 아니다. 몇 개월 단위로 항구에 도착해서 물건을 내리고 새로 물건을 싣는다. 물건만 싣고 내리는 것은 아니다. 선원도 교대가 이뤄진다. 1년간 배에서 생활한 선원은 내리고 새로운 선원이 승선한다.

내가 화물선에 오른 지 3개월이 지나자, 내 위에 2등기관사로 근무하던 선배가 하선했다. 그리고 내가 2등기관사로 승진해서 근무하게 됐다. 사건은 내가 2등기관사로 승진함으로써 발생했다. 불의를 보면 참지 못하는 성격 때문이고, 잘못된 것은 앞장서서 개선해야 하는 행동가적인 성격 때문이다. 내가 2등기관사가 아니었으면 사건은 발생하지 않았고, 불의는 영원히 숨겨졌을 것이다. 그리고 그 불의로 얻은 달콤한 열매는 불의를 행한 악당들의 호주머니로 들어갔을 것이다.

3등 기관사로 근무하던 몇 개월간은 다른 것에는 신경 쓰지 않았다. 외항선의 경험도 없었고, 내가 하는 일이 많아서 내 일을 하는 것에만 신경을 집중했다. 그때는 일을 배우는 것이 우선이었다. 그런데 2등기관사가 되자 화물선 안에서 일어나는 일들이 눈에 들어오기 시작했다. 그리고 선원들이 나에게 이런저런 고충을 이야기하기 시작했다.

화물선 안에도 당직 근무가 있다. 기관사, 기관원 2명, 항해사, 조타수 2명이 2교대로 당직을 맡는다. 당직을 맡은 선원들에게는 야식이 제공된다. 그런데 야식에 제공되는 반찬(부식)이 형편없다는 불평의 목소리가 들렸다. 내가 2등기관사로 승진하고서 3개월 정도 지났을 무렵이었고, 내가 이 화물선에 승선한 지 6개월가량 됐을 때였다.

그런 이야기를 처음 들었을 때는 대수롭지 않게 생각하고 귀담아듣지 않았다. 그런데 그 목소리가 커지기 시작했다. 나보다 직급이 낮은 하급선원들이 하루는 나에게 직접 "2기사님 부식이 형편없습니다."라면서 "맛이 없어서 못 먹겠습니다."라고 하소연을 했다.

나에게는 말하지 않았지만, 선원들 몇몇이 모여있으면 "선장이 부식비를 일부 횡령하는 것 같다."라고 말하는 소리도 들렸다. 그렇게 부식에 대한 불만이 높아지던 어느 날 선원들이 나를 찾아와서는 정식으로 요청했다. '부식 조사를 해달라'는 것이었다. 2등기관사와 2등항해사가 부식과 관련한 조사를 할 수 있는 권한이 있었다.

몇 개월간 망망대해 위에 떠 있는 배 안에서 생활하는 선원들에게 먹는 것은 그 무엇보다 중요하다. 먹는 즐거움이 하루 중에 느낄 수 있는 가장 큰 즐거움 가운데 하나다. 그런데 부식에 대한 불만으로 선원들에게서 그 즐거움이 사라진 것이다. 사실, 나 역시도 부식의 질이 좋지 않다고 생각하고 있었다.

"2항사님 부식 안 좋은 거 알잖아요? 부식 조사 좀 합니다."

내가 2항사에게 부식 조사를 하자고 말했다. 2항사는 나와 같은 목포해양전문대학 선배님이다. 그는 군대를 마치고 왔기 때문에 나보다 나이가 많았다. 그래서 나는 늘 선배님으로 대접했고 존칭을 사용해서 말했다.

그런데 2등항해사의 반응은 시큰둥했다. 별다른 반응을 보이지 않았다. 나는 2등항해사가 부식 조사를 하고자 하는 의욕이 없다고 생각하고서 독단적으로 행동하기로 결심했다.

때마침 식사 시간에 선장이 식사하는 것이 내 눈에 띄었다. 나는 바로 선장에게 다가갔다.

"선장님, 부식이 좋지 않다고 선원들의 불만이 많습니다. 부식이 너무 좋지 않습니다.”

내가 선장에게 말하자 대뜸 선장은 화부터 냈다.

“야 이 새끼야, 부식이 뭐가 나빠 먹을 만 하구만.”

선장이 그렇게 말했지만 나는 물러서지 않았다. 방운제가 그렇게 쉽게 물러설 사람이 아니다.

“선장님, 부식이 정말 안 좋아요!”

나는 다시 말했다. 이번에는 목소리 톤을 조금 더 높였다. 그러자 선장은 나중에 자신의 방으로 오라면서 자리에서 일어났다.

화물선 안에서 선장은 두려운 존재다. 그는 배 안에서 일어나는 것의 모든 권한을 가지고 있다고 해도 과언이 아니다. 그렇기에 선장에게 맞서는 선원은 거의 없다. 내가 식당에서 선장과 거친 대화를 주고받는 것을 본 선원들이 조심하라면서 염려의 말을 건넸다. 그렇지만 나는 물러설 생각이 없었다. 일과가 끝나고 저녁 시간에 선장실로 찾아갔다.

“야, 그거 부식 말이야. 물가가 올라가지고 그래. 살 게 별로 없더라고.”

선장의 말이 훨씬 부드러워졌다. 나는 선장이 강하게 나오면 더 강하게 나가려고 마음 먹고 선장실로 찾아갔다. 그런데 선장의 말투는 나의 예상과 달리 매우 부드러워져 있었다. 나를 윽박

지르려고 하지 않았다. 오히려 나를 회유하려 했다.

"물가가 올랐으면 본사에 전화해서 부식 비용을 올려달라고 해야 하는 것 아닙니까?"

내가 말하자 선장은 "그런다고 본사에서 올려주겠냐?"라면서 술이나 한잔하라고 내 앞에 술잔을 내려놓았다. 그러면서도 "기관 파트는 불만이 많냐?"라고 나에게 물었다. 나는 기관 파트뿐 아니라 선원들이 모두 불만이 많다고 말하고서는 선장실을 나왔다. 이렇게까지 말해 놓았으니 달라질 것이라는 기대를 하고서.

🚢 부식조사를 하다

최고 권력자에게 맞서는 것은 두려운 일이다. 또한 위험한 일이다. 그래서 누구도 최고 권력자에게 맞서려 하지 않는다. 좋은 관계를 유지하려 하고 총애를 받으려 한다.

배 안에서는 선장이 최고 권력자다. 화물선 안에는 선장보다 더 큰 권력을 지닌 사람이 없다. 모든 결정 권한은 그에게 있다. 그의 결재가 있어야 집행이 이뤄진다. 그가 나쁜 마음을 먹으면 선원 한 사람쯤은 태평양 바다 한가운데 던져 버릴 수도 있다. 그리고 사고로 위장할 수도 있다.

부식의 품질은 더 좋아지지 않았다. 내가 선장을 만나 얘기하기 전과 다름없이 배급됐다. 내가 선장을 찾아가서 부식에 대한 불만을 얘기했다는 것을 선원들은 모두 알고 있었다. 그럼에도 부식의 질이 나아지지 않자, 선원들의 불만은 더 커져갔다. 그렇게 선원들의 불만이 커지던 차에 선원들의 불만에 불을 지르는 작은 사건이 일어났다.

바다가 늘 잔잔한 것만은 아니다. 오히려 잔잔하지 않은 날이 더 많다. 그래도 자동차를 수출하는 화물선은 규모가 크기 때문에 웬만한 파도나 물결에는 크게 흔들리지 않는다. 하지만 세찬 바람이 휘몰아치고 파도가 크게 일렁일 때는 대형 화물선도 크게 흔들린다. 출렁출렁 흔들리는 화물선 안에서는 음식도 조리할 수 없다. 조리된 음식이 있어도 식사할 수 없다. 접시가 이리 쏠리고 저리 쏠리고 하기 때문이다. 파도가 심한 날에는 음식을 조리하지 못하고 간편 식사로 대신 한다.

그날도 파도가 심했다. 이런 날을 대비해 준비해 둔 식빵이 식사로 제공됐다. 그런데 그 식빵이 먹을 수 없는 상태였다. 말라비틀어져서 먹을 수가 없었다. 식빵이 너무 오래된 것이었다. 그동안 부식에 대해 불만을 가지고 있던 선원들의 불만이 폭발 직전의 풍선처럼 크게 부풀었다.

이제는 더 이상 참을 수가 없었다. 나는 부식 조사를 할 수밖에 없다고 2등항해사에게 강하게 요구했다. 그러나 여전히 2등항해사는 망설였다. 나는 내가 앞장을 설 테니 선배님은 나만 따라오라면서 2등항해사를 설득했다. 선원들의 불만이 임계점에 다다랐다는 것을 2등항해사도 알고 있었기 때문에 더 이상 부식 조사를 하자는 내 의견에 반대하지 않았다. 나는 그길로 조리장을 찾아갔다. 그러고는 부식 조사를 하겠다고 통보했다.

부식 조사를 하겠다는 통보를 하자 조리장은 펄쩍 뛰었다. 부식 조사를 왜 하냐면서 큰 소리로 화를 냈다. 그러고는 선장에게 바로 연락했다. 부식 조사를 한다는 조리장의 말을 들은 선장도 크게 화를 냈다. 하지만 그들이 화를 낸다고 해서 물러날 방운제가 아니었다. 지금도 겁이 없지만, 20대의 방운제는 두려움을 몰랐다. 더구나 옳다고 생각하는 일을 할 때는 그 어떤 협박도 위협도 통하지 않았다.

조리실의 장부와 지출 장부를 모두 받아서, 보관돼 있는 식재료와 대조했다. 모든 조사는 내가 혼자서 거의 다 했다. 2등항해사는 적극적으로 하지 않았다. 선장이 두려웠던 것이다.

조사를 마치고 나니 예상대로 구매한 물건과 실제 지출한 금액 사이에 큰 차이가 있었다. 구매하지 않고서 구매한 것처럼 장부와 영수증을 처리한 것이 여러 건이 발견됐다. 세계 각국을 다니기 때문에 화물선에서 사용하는 부식 비용은 달러로 받았다. 실제 지출한 비용과 장부를 비교해 보니 3천 달러의 차이가 있었다.

1988년 대한민국 수준에서 3천 달러는 매우 큰 돈이다. 앞에서도 밝혔듯이 1988년 대한민국 국민 1인당 총소득이 5천 달러가 안 되던 시절이었다. 3천 달러는 일반 직장인의 1년 치 연봉이었다. 그 돈을 선장과 조리장이 함께 횡령하려 했던 것이다. 이 두 사람은 이 화물선에 승선한 지 1년이 거의 다 됐다. 외항선은 1년간 승선하도록 돼 있었다. 그러니 두 사람은 조만간 하선해야 하는 것이다. 하선하는 길에 횡령한 3천 달러를 가지고 가려고 했던 것이다.

🚢 선장을 교체하다

　　조사 결과를 선장에게 통보했다. 선장은 나의 조사 결과를 인정하려 하지 않았다. 여전히 거만하게 나를 대했다. 하지만 인정하지 않을 수 없었다. 내가 관련 자료를 꼼꼼하게 제시했기 때문이다.

　우리가 탄 화물선 안에서의 부식 조사는 어렵지 않았다. 지난 몇 개월 동안 우리는 이 화물선 안에서만 생활했다. 부식이 다른 곳으로 빠져나갈 수가 없는 구조인 것이다. 구매한 모든 부식이 화물선 안에 그대로 있고, 구매 영수증도 그대로 있었다. 바다 한가운데 떠 있는 배 안에서 생활했기에 누군가 의도적으로 다른 곳으로 빼돌릴 수 없었다. 선장이 부인해 봐야 소용이 없었다.

　나는 선장에게 3천 달러를 내놓으라고 강하게 요구했다. 그러나 그 돈을 쉽게 내놓을 선장이 아니었다. 선장은 조사 결과를 인정하려 하지도 않았다.

　"네가 뭔데 이놈아, 돈을 내놓으라고 해!"

선장은 오히려 나에게 큰소리를 쳤다. ‘내가 너의 상관이다.’라는 듯이 거만한 태도를 유지하려 했지만, 그의 표정에 난처함이 묻어 있는 것을 나는 볼 수 있었다.

나는 원래 겁이 없지만, 이런 상황에서는 더욱 그렇다. 내가 정의의 편에 서 있고 상대는 불의를 저지르고 있다. 상대가 선장 아니라 더 강한 누구라고 해도 이 상황에서는 나의 분노를 억누를 수가 없다.

“당신, 바닷물에 빠지고 싶어? 내가 선원들 불러서 당신 빠뜨리자고 해볼까?”

나는 선장이 나에게 말한 것보다 더 큰 목소리로 선장에게 대들었다. 내가 옳은 일을 하고 있고, 선장이 나쁜 짓을 저질렀다는 것을 내가 알고 선원들이 알기에 나는 아무것도 두렵지 않았다.

선원들은 모두 내 편에 서 있었다. 나보다 더 분노해 있었다. “선장, 저 자식 도둑놈이네.”라고 말하는 선원도 있었다.

나는 선장에게 다시 한번 요구했다. 3천 달러를 내놓아라. 그 돈을 우리 선원들에게 골고루 나누어 주라고 요구했다.

3천 달러를 나누어주는데 선장은 제외한다고 했다. 선원들의 부식값을 횡령하려 한 악질 범죄자에게는 나누어줄 수 없다는 것이 나의 생각이었다.

나의 이런 제안을 선장은 거절했다. 선장은 끝까지 자신은 잘못이 없다고 부인했다. 이런 상황에서는 더 이상 선장과의 대화가 아무런 의미가 없었다. 선장과 대화가 안 되면 선장에 대한 임면권을 가진 본사와 대화하는 수밖에 없었다. 나는 이 사실을 해운 본사에 알려야겠다고 판단했다.

직접 텔렉스로 본사에 연락했다. 당시에는 화물선에서 육지로 연락할 방법이 매우 제한적이었다. 텔렉스와 비상시에 사용하는 무선통신밖에 없었다. 이런 상황에서는 텔레스로 통화를 해야 하는데 요금이 무척 비쌌다.

나는 본사에 부식 조사를 한 상황을 설명했다. 나의 설명을 들은 본사는 즉시 선장을 해고했다. 다음 항구에서 선장은 배에서 내렸다. 그리고 다른 선장이 우리가 탄 화물선을 맡았다.

선장이 빼돌리려고 한 3천 달러는 선원들에게 나누어줄 수 없었다. 본사는 부식 비용을 그렇게 나누어줄 수는 없다면서 다음 항구에서 그 돈만큼의 부식을 추가로 구매해 주었다. 덕분에 그 다음 몇 개월 간 우리는 매우 풍족한 부식으로 식사할 수 있었다.

부식 조사를 하고, 그 결과를 토대로 선장을 교체하는 것을 지켜본 선원들은 모두 나를 지지하는 응원군이 되었다. 모두 나를 믿고 따랐다. 힘든 일이 있을 때면 나를 찾아와서 의논했다. 선장에게 하고 싶은 건의 사항이 있어도 나를 찾았다. 방운제가 의협심이 있고, 리더십이 있다는 것을 선원들이 인정한 것이다. 다만, 나는 그 시절에 내가 리더십이 있다는 생각을 해보지 않았다.

이 당시 나는 20대 중반의 나이었다. 우리 사회를 위해 무슨 일을 하겠다는 생각을 해본 적이 없었다. 앞으로 노동운동을 하겠다거나 정치를 하겠다는 생각도 해보지 않았다. 하지만 이 화물선 안에서의 활약은 내가 우리 사회를 위해서 행동하는 사람이 될 수밖에 없는 기질이 있음을 보여준 사례가 됐다. 나는 알지 못했지만, 나의 성격은 불의를 보면 참지 못하고 앞장서는 행동가 같은 기질은 나를 노동운동가로 만들 것이었다. 나를 우리 사회를 혁신하는 길로 안내할 것이었다.

선장 교체의 일화는 내 인생에 있어서 내가 노동운동을 할 운명의 복선 같은 것이다.

제2장

추 억

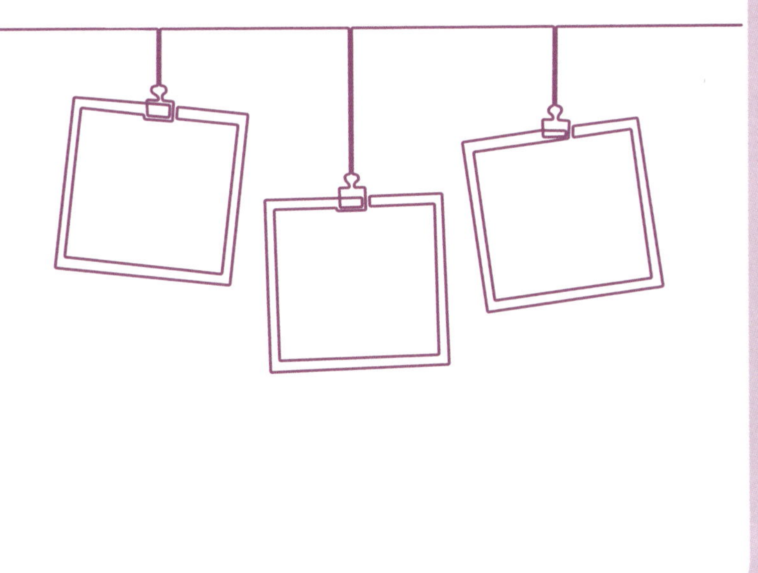

🏫 이사를 자주 다녔던 초등학교 시절

요즘은 초등학교라고 부른다. 내가 다니던 시절에는 '국민학교'라고 불렀다. 초등학교 시절의 추억이 내게는 별로 없다. 우리 집이 여러 차례 이사했기 때문이다. 이사를 할 때마다 이 학교 저 학교로 나는 전학을 했다. 아버지의 직업이 건축업이었는데, 아버지가 맡은 건축 현장을 따라서 이사를 하곤 했다. 이사를 할 때마다 나는 아버지에게 '또 이사를 가냐'고 불평을 늘어놓곤 했다.

다행히 초등학교 4학년 2학기쯤에는 우리 가족이 한곳에 정착했다. 포항시 해도동에 정착한 것이다. 해도동 근처에 있던 포항 영흥초등학교가 내가 졸업한 초등학교다.

이사를 자주 다니다 보니 어린 시절의 추억이 별로 없지만, 그래도 내가 졸업한 포항 영흥초등학교에서 추억의 조각이 내 머릿속에 남아있다.

6학년이 되자 학교에서 향토봉사단 애향 반장을 임명했다. 마을별로 일요일 아침에 청소 활동을 하도록 했다. 그 봉사단의 이름이 향토봉사단이고 마을의 봉사단을 이끄는 사람이 애향 반장이다. 마을별로 임명하지만, 임명은 학교 선생님이 하는 것이었다.

지금도 그렇지만 어릴 적부터 나는 적극적인 성격이었다. 해야 할 일이 있으면 뒤로 미루지 않았다. 남들에게 맡기지 않고 내가 먼저 나서서 해야 했다.

애향 반장을 임명하는 날, 나는 손을 번쩍 들고서 선생님에게 "제가 하겠습니다"라고 큰 소리로 말했다. 손을 들고 말하는 나를 쳐다보신 선생님은 그 자리에서 나를 애향 반장으로 임명했다. 애향 반장은 적극적인 성격과 리더십이 중요한데, 일단 적극적인 면에서 나는 선생님으로부터 합격점을 받은 것이다.

6학년 때의 애향 반장 활동으로 나는 졸업할 당시 봉사상을 받았다. 전학을 많이 다녔지만 그럼에도 공부를 게을리하지 않았던 것 같다. 우수학력상도 수상했다.

🏫 포항중학교 수영장

내가 중학교에 입학하던 시절에는 중학교가 흔하지 않았다. 중학교를 가려면 거리가 상당히 멀었다. 우리 집은 해도 동이었는데 내가 입학한 중학교는 포항중학교였다. 지금은 항구 동이라고 불리는 지역이다. 걸어 다닐 수 있는 거리가 아니어서 자전거를 타고 다녔다.

당시 포항중학교는 규모가 매우 큰 학교였다. 많은 운동부를 보유하고 있었는데, 특히 그 시절 흔하지 않았던 수영부도 있었다. 수영부가 있어서 다른 학교 중학생들이 누리지 못하는 혜택도 받았다. 그 혜택이란 수영장에서 수영할 수 있었다는 것이다. 수영부가 아니라도 수영장에서 수영할 수 있었다. 포항중학교 수영장은 레인 길이가 50미터에 이르는, 국제규격을 갖춘 매우 큰 수영장이었다.

그런데, 수영장에서 수영하는 것이 공짜는 아니었다. 물론 비용을 낸다는 의미는 아니다. 수영 선수들이 수영 연습을 하고 나면 나 같은 일반 학생들이 수영장에서 물놀이를 한다. 즐겁게 한 시간가량 수영장에서 놀고 나면 선생님들이 수영장 물을 뺀다. 그리고, 물을 빼고 난 다음이 중요하다. 물이 빠진 수영장을 우리가 청소해야 하는 것이다.

학교는 중학생인 우리에게 수영장에서 한 시간 수영하게 해주고서 청소를 시키는 것이다. 당시에는 청소를 외부에 맡기는 시절도 아니었고, 청소를 맡아서 할 인력을 따로 고용하기도 힘든 시절이었다. 수영장에서 한 시간 동안 수영을 한 우리가 수영장 청소하는 것이 당연하게 여겨지던 시절이었다. 그리고 수영장에서 한 시간 동안 놀 수 있다면 수영장 청소는 즐겁게 할 수 있었던 것이 당시의 문화였고, 우리나라의 문화 수준이었다.

🏫 중학 시절, 친구가 중요한데…

중학교 동창 가운데 이영민이라는 친구와 이재준이라는 친구가 있다. 인터넷에 검색하면 금방 검색되는 유명 인사들이다. 이영민은 서울대학교 경영대학 산학협력 교수다. 이재준은 현재 경기도 수원시장이다.

나도 공부를 잘하는 편이었기에 중학교 입학 후 초창기에는 이 친구들과 어울려 지냈다. 그러다가 나의 성적이 조금씩 밀리기 시작했다. 이 친구들이 반에서 1등을 도맡아 하는 실력이라면 나는 간신히 15등 안에 드는 정도로 성적이 조금씩 이 친구들에게 밀렸다.

그래서인지 언제부터인가 이 친구들과의 관계가 소원해졌다. 그리고 나는 다른 친구들과 어울리기 시작했다.

지금 생각해 보면 그때가 무척 아쉽다. 나의 성적이 조금 하락했어도 이 친구들과 계속 어울려 지내야 했다. 그리고 악착같이 공부해야 했다. 그런데 그렇게 하지 못하고 나는 쉬운 길을 찾았다. 공부를 매우 잘하는 친구들과 어렵게 어울리는 것보다 비슷한 성적의 친구들과 어울렸다. '중학교 때 이 친구들과 계속해서 어울려 지냈으면 지금보다 더 나은 삶을 살고 있을까?' 가끔 나는 그런 생각을 해본다.

포항은 고교평준화가 이뤄지지 않았다. 따라서 성적순으로 자신이 원하는 고등학교에 진학했다. 공부를 매우 잘하면서 부모의 지원이 있는 아이들은 더 큰 도시 대구 시내에 있는 고등학교로 진학했다. 이영민, 이재준 친구와 나는 각각 다른 고등학교로 진학했다.

이영민 친구는 중학교 시절 공부를 가장 잘한 것으로 기억한다. 그 당시에 공부를 잘하는 그 친구가 반장을 했다. 졸업 후에는 특별히 가까이 지낼 인연은 없었다.

이재준 친구는 수원시장에 출마했을 때, 그의 선거에 도움을 준 인연이 있다. 그리고 지금도 연락하고 지낸다.

🏫 아버지의 큰 그림

　　“방운제!”

　담임 선생님이 나를 큰 소리로 부르셨다. 선생님이 내 이름을 부른 이유를 안다. 고등학교 진학서류 작성 때문이다.

　“네.”

　나는 대답하고서 선생님에게로 걸어갔다. 선생님은 책상 위에 고교 진학서류를 올려놓고서 앉아 있었다. 내가 다가가자 선생님은 시선을 나에게서 옮겨 책상 위의 서류를 향했다. 그러고는 시선을 서류에 둔 채로 당연하다는 듯이 나에게 물었다.

　“운제, 니는 포항고로 써야지?”

　포항고는 포항고등학교를 말한다. 당시에 포항 시내에서 가장 성적이 좋은 학생들이 모이는 인문계 고등학교였다. 물론 지금도 명문고다.

　나는 반에서 1~2등 하는 정도로 공부를 매우 잘한 것은 아니다. 하지만 15등 정도를 하는, 나름대로 성적이 양호한 학생이었다. 포항고등학교로 진학할 충분한 실력이 있었다. 그래서 담임 선생님도 당연히 포항고등학교로 진학할 것으로 판단하고서 그렇게 물은 것이다.

나는 바로 대답을 못하고 망설였다. 아버지가 오래전부터 포항수산고로 진학하라고 명을 내렸기 때문이다.

내가 대답을 바로 하지 못하고 머뭇거리자 선생님이 다그쳤다.

"그럼 포항고로 진학하는 것으로 서류를 작성한다?"

선생님의 그 말을 듣고서야 나는 서둘러 대답했다.

"아입니다, 선생님."

책상 위의 진학서류에 얼굴을 파묻고 있던 선생님이 고개를 들어서, 짜증과 의아함이 섞인 표정으로 나를 보았다. 그 표정은 나의 추가 답변을 기다리고 있었다.

"지는, 포항수산고로 갈 겁니다."

선생님의 표정이 어이가 없다는 쪽으로 바뀌었다. 그러더니 이렇게 말했다.

"니가 와 포항수산고를 가노? 니가 성적이 안되나? 집에 돈이 없나?"

나는 바로 대답하지 못했다. 포항고로 진학할 성적이 되는 데 포항고를 진학하지 않는 학생은 드물었다. 집안 형편이 되지 않아서 대학 진학을 할 수 없는 가정의 아이들만이 그럴 뿐이었다. 실업계 고등학교를 졸업해서 얼른 취업해야 하는 가난한 집 아이들은 성적이 좋아도 실업계 고교를 선택했다. 하지만 우리 집은 그 정도는 아니었다. 먹고살 만했다. 그래서 선생님도 의아하다는 듯이 나를 쳐다본 것이다.

"그게, 아버지가 포항수산고로 가라고…."

나는 말끝을 흐렸다. 그러자 선생님이 내 얘기가 끝나자마자 말했다.

"더 생각해 보고 내일 다시 와라. 아버지께도 잘 말씀드리고."

선생님이 그렇게 말씀하시고 시간을 주셨지만, 달라질 것은 없었다. 나의 고교 진학은 이미 포항수산고로 정해진 것이나 다름없었다. 다른 이유는 없다. 아버지가 그렇게 결정했기 때문이다.

요즘 아버지들은 자녀들과 대화해서 문제를 해결한다. 자기 마음대로 자녀의 진로를 결정하지 않는다. 하지만 45년 전 그 시절은 달랐다. 가난한 나라, 일자리가 많지 않았던 나라의 수준은 가장이 모든 것을 결정하던 시절이었다. 아버지의 결정은 그 집 모든 대소사를 결정지었다.

나 역시 아버지의 의견에 반대하지 않았다. 그러나 아버지는 내가 왜 인문계가 아닌 실업계 고교로 진학해야 하는지 설명했다. 아주 짧게.

"포항수산고로 가야 취직이 잘 된다."

아버지가 나에게 포항수산고로 진학해야 하는 이유로 설명한 내용의 전부다. 아버지는 더 이상 설명하지 않았고, 나도 더 이상 설명을 요구하지 않았다. 아니 못했다. 그 시절은 원래 그랬다.

🏫 고등학생 시절 반장이 되고

나는 목소리가 크다. 지금도 크지만, 예전에도 컸다. 중학교 다닐 때도 고등학교 다닐 때도 목소리가 컸다. 큰 목소리가 사람들을 통솔하는 데 도움이 된다.

"야, 뒷자리에 있는 니들, 왜 그렇게 떠드냐? 좀 조용히 해라."

고등학교 3학년 수업 시간에 내가 그렇게 큰 소리로 뒤를 돌아보고서 말했다. 나는 키가 크지 않았다. 교실 중간에서 약간 앞자리에 앉았다. 80년대 내가 포항수산고를 다니던 시절에는 한 반에 50명이나 되는 학생들이 있었다. 이들이 모두 한 교실에서 공부했다. 그러니 교실은 늘 소란스러울 수밖에 없었다.

어릴 적이나 환갑의 나이가 지난 지금이나 나는 잘못된 것을 보면 그냥 넘기지 않는다. 그것이 반드시 고쳐지도록 해야만 하는 성격이다. 도로에 가로수가 쓰러져 있으면 바로 구청에 신고한다. 누가 신고하기 전에 내가 먼저 한다. 고등학교 시절에도 그랬다. 수업 시간에 떠들고 있는 것을 가만히 보고만 있을 수 없었다. 뒤에서 떠들면 앞에 앉은 아이들에게도 수업에 방해가 된다. 당연히 선생님이 강의하는 데도 방해가 된다. 그래서 수업 시간에 떠드는 것을 나는 참지 못했다.

특히 뒷자리에 앉아서 수업을 듣는 아이들이 많이 떠들었다. 우리 학교뿐 아니라 어느 학교 교실이나 마찬가지일 것이다. 수업 시간에 딴청을 피우거나 떠드는 정도는 선생님과의 거리와 비례한다. 선생님은 교실 맨 앞에서 강의를 하니 교실 뒷자리에 앉은 아이들이 선생님과의 거리가 가장 멀다. 그러니 수업 시간에도 딴짓하고, 옆자리 친구와 잡담하면서 떠들고 있는 것이다.

앞쪽에 앉은 내가 뒤를 돌아보면서 조용히 하라고 큰 소리로 말하면, 아이들이 조용해졌다. 체격이 크지 않은 내가 조용히 하라고 하는 말에 뒷자리의 아이들이 조용해지는 이유에는 두 가지가 있다.

첫째는 내 목소리가 크다는 것이다. 교실이 쩌렁쩌렁 울릴 정도였다. 수업 시간에 그렇게 큰 소리로 말하니 입을 다물지 않을 수 없었을 것이다.

두 번째는 홈그라운드의 이점이다. 나는 포항 시내에서 살고 있었다. 초등학교와 중학교를 모두 포항 시내에서 다녔다. 따라서 포항 시내에 있는 포항수산고는 나의 홈그라운드와 다름없었다.

내가 청소년 시절 대한민국은 가난한 나라였다. 학교시설이 충분하지 않았다. 한 교실에 50여 명의 학생이 들어가서 수업을 들어야 할 정도로 교육환경이 열악했다.

포항 시내에서 공부를 좀 한다는 아이들은 포항고등학교로 진학했다. 그리고 시외 지역에서도 공부를 매우 잘하는 아이들의 극소수가 포항고등학교에 진학했다. 공부를 매우 잘하지 않거나, 집안 형편상 고교 졸업 후에 취업해야 하는 아이들은 실업계로 진학했다. 상대적으로 실업계 고등학교에 진학한 아이들은 인문계 고등학교에 진학한 아이들보다 가난한 집 자식인 경우가 더 많았다. 그런 실업계 고교 중 하나가 내가 입학한 포항수산고다.

포항수산고는 포항시를 포함에서 인근 전 지역에서 온 학생들이 입학했다. 그렇기에 저마다 개성이 다른 아이들이 모여있었고, 그렇기에 교실이 더욱 소란스러울 수밖에 없었다. 그런 소란스러움을 잠재울 수 있는 것은 포항 시내에서 중학교를 졸업한 나와 같은 시내 출신들이었다. 아무래도 다른 지역에서 포항으로 올라온 친구들은 타 구장에서 경기하는 선수처럼 상대적으로 불리한 위치에 있었다. 반 아이들을 장악할 수 있는 것은 홈그라운드의 이점을 안고 있는 포항 시내 출신들이었고, '조용히 하라'는 나의 말이 효력을 발휘할 수 있었던 가장 큰 이유도 내가 시내 출신이었기 때문이다.

　내가 수업 시간에 떠드는 아이들에게 '조용히 하라'고 큰 소리로 말하고, 실제로 아이들이 조용해지는 것을 본 선생님은 나에게 반장을 맡으라고 했다. 반 아이들도 내가 반장을 하는 데 대해서 긍정적으로 판단하고 있었다. 그래서 나는 포항수산고에서 반장을 맡았다.

🏫 아버지의 큰 그림 2

내가 고교 3학년 2학기가 되자 분위기가 이상하게 흘러갔다.

"포항수산고로 가야 취직이 잘 된다."

분명 내가 중학교 3학년생일 때 아버지는 나에게 이렇게 말했다. 그러면서 포항고가 아닌 포항수산고로 진학하라고 했다. 나는 포항고로 진학하고 싶은 마음이 있었지만, 아버지의 권유에 아무 말 없이 그대로 따랐다. 그런데 내가 포항수산고 3학년이 되지 아버지의 말이 달라졌다.

"해양대학을 가거라."

고등학교 3학년 1학기가 끝나갈 무렵으로 기억되는데, 그때 아버지가 나에게 이렇게 말했다. 나는 순간 '아버지가 말을 잘못한 것이 아닌가?' 하는 생각을 했다.

아버지는 분명 고등학교를 졸업해서 바로 취업하라는 의미로 포항수산고를 가라고 했다. 나도 그렇게 생각하면서 고등학교 시절을 보냈다. 물론 공부하지 않은 것은 아니다. 나는 포항수산고 3년 동안 계속해서 상위권의 성적을 유지했다. 그렇지만 대학을 가겠다는 생각을 하지는 않았다. 그런데 느닷없이 아버지가 해양대학 진학을 말씀하신 거였다.

'왜 해양대학에 진학하라고 하시냐?'라고 묻고 싶었다. 하지만 그 시절에는 그런 물음이 허락되지 않았다. 어머니가 그렇게 말했다면 나는 물었을 것이다. 어머니는 대화하기가 편하다. 하지만 아버지는 달랐다. 아버지와는 대화가 아니라 지시와 이행이 있을 뿐이었다.

대학을 진학할 것이었으면 애당초 포항고등학교로 진학하는 편이 유리했을 수 있다. 인문계인 포항고는 그야말로 대학 진학을 위해서 3년간 고교 과정을 다닌다.

하지만 포항수산고는 다르다. 실업계인 포항수산고는 대학 진학이 목적이 아니라 취업이 우선인 학교다. 그러니 고교 3년간 취업을 예상하고서 공부를 한다. 그런데 느닷없이 대학 진학을 준비해야 하는 상황이 된 것이다.

결론부터 말하자면, 나는 목포해양전문대학에 합격했다. 그리고 양호한 성적으로 그 대학을 졸업했다. 당시에는 동일계열 우선 선발이 있었다. 해양, 수산 관련 고교를 졸업하면 해양대학교에 동일계 진학할 권리가 생긴다. 해양대학교 선발 학생 20%를 해양, 수산 관련 고교를 졸업한 학생들에게 배정하도록 법률로 정해져 있었다. 그 제도를 이용해서 나는 목포해양전문대에 진학했다.

물론 그것도 경쟁률이 매우 높다. 전국의 해양 관련 고교를 졸업한 대입 희망자들이 모두 몰려들기 때문이다. 다행하게도 나는 포항수산고를 다니는 동안 공부를 게을리하지 않았다. 덕분에 우수한 성적을 유지했고, 내신성적 1등급을 유지했다. 그 내신 1등급이 대학에 진학하는 데 결정적이 도움이 됐다.

'준비하는 자, 성공의 문을 열 수 있다.'

나는 이 말을 그 당시에 절실하게 느꼈다. 나는 대학에 진학하려고 공부를 열심히 한 것은 아니었다. 학생이라면 공부해야 한다는 생각에, 성적이 좋으면 취직할 때도 유리할 것이라는 생각에서 성적 관리를 해왔다. 그런데 그것이 대학 진학에 결정적인 역할을 한 것이다.

그리고 해양전문대학에 진학하는 과정에서 아버지의 뜻을 이해했다. 아버지는 포항고가 아닌 포항수산고로 진학하라고 할 때부터 나를 해양대학에 진학시키려는 생각이 있었던 것 같다. 말하자면 아버지의 큰 그림이 있었던 것이다.

나는 아버지에게 진짜 그런 의도가 있었는지 물어보지는 못했

다. 묻는다고 대답해 줄 아버지가 아니다. 그리고 그 시절에는 그
랬다. 아버지의 생각을 묻는 것이 아니라, 그냥 추측해서 이해하
는 것이 그 시절 대한민국의 문화였다.

🏫 대학인지 군대인지

　　아버지의 큰 그림에 따라서 나는 목포해양전문대학에 입학했다. 1983년 2월이다. 목포해양전문대학은 입학하기 2주 전인 2월 중순에 예비 입학한다. 입학하기 2주 전에 기숙사 적응훈련을 하는 것이다.

　　당시 목포해양전문대학은 군대처럼 운영됐다. 실제로 해양전문대학을 졸업한 후에 일정 기간을 해양 업무에 종사하면 입대를 면제받는다. 졸업 후에 군에 입대하는 졸업자들도 있는데 그럴 때는 부사관으로 입대했다.

　　기숙사 적응훈련 기간은 군대로 말하면 훈련소 생활과 같은 것이다. 이 과정에서 탈락하면 입학이 되지 않는다. 1980년대 대한민국 군대의 군기가 추상같았던 것처럼 목포해양전문대학의 기강도 서릿발처럼 차갑고 매서웠다.

　　밤이 되면 집합해서 비상 훈련을 했다. 군대보다 더 심하게 훈련을 받았다. 곤하게 잠을 자는 새벽 1시쯤 되면 갑자기 비상 훈련을 알리는 방송이 소름이 끼치도록 날카로운 음색으로 청각을 자극했다.

"전 중대 비상, 전 중대 비상!" 이렇게 방송이 시작되면 번개보다 빠르게 뇌신경이 반응한다. 잠이 확 달아나고 용수철이 튕기듯이 누워있던 침상에서 벌떡 일어난다.

"전 중대 비상, 오른손에는 어떤 물건을 들고, 왼손에는 무엇을 들고, 신발은 무엇을 신고, 복장은 무엇으로 하고… 연병장에 집합."

이렇게 방송이 계속된다. 잠결에 벌떡 일어나면 정신이 하나도 없다. 그런데 이런 식으로 복잡하게 복장을 주문하면 그 주문에 맞춰서 복장을 완성하는 것이 거의 불가능하다. 더구나 한 사람도 틀리지 않고 모두가 복장을 완벽하게 갖추는 것은 신들의 세계에서도 불가능할 것이다. 그렇게 연병장에 집합하고 나면, 기다리는 것은 단체 얼차려다. 연병장을 수십 바퀴를 돌고 나서야 얼차려가 끝나고 다시 기숙사 각자의 방으로 돌아간다.

낮에 하는 훈련도 군대 훈련소와 비슷하다. 2주 내내 제식훈련이 이어진다. 아침 6시에 기상하고, 밤 10시에 잠자리에 든다.

이렇게 며칠이 지나자 힘들어서 못 하겠다는 친구들이 생겨났다.

"야, 우리가 대학에 입학한 거냐, 군대에 입대한 거냐? 나는 힘들어서 도저히 못 하겠다."

포항수산고를 졸업하고 목포해양전문대학에 온 학생은 나를 포함해서 모두 일곱 명이었다. 그들 대부분이 힘들어서 못 다니겠다고 푸념했다.

기숙사 적응훈련이 1주일쯤 지나 첫 번째로 맞은 일요일에 우리 일곱 명이 모였다. 객지에 나와서 고생할 때는 고향의 부모님과 친구들이 가장 그립다. 그런데 고향 부모님을 만날 수 없으니, 같은 포항수산고 졸업생들끼리 위로 겸 모인 것이다. 그 자리에서 우리들은 너나 할 것 없이 '힘들어 못해 먹겠다.'라고 하소연했다.

우리 일곱 명 가운데 몇몇이 학교를 그만두자고 제안했다. "너무 힘들어서 도저히 못 하겠다."라는 것이었다. 훈련만 고된 것이 아니었다. 다른 여러 가지 사정이 너무 힘들고 열악했다. 물도 넉넉하지 않을 뿐 아니라, 수질이 좋지 않아서 머리를 감고 나면 머리가 뻣뻣해졌다. 세수하기도 쉽지 않았다. 손이 얼어 터졌다. 훈련은 고되고 생활환경은 열악하고. 갓 고등학교를 졸업한 청소년에게는 너무도 가혹한 환경이었다. 그렇기에 "여기서 그만두고 돌아가자."라고 말하는 친구들의 상황이 이해됐다.

우리 가운데 '광주'라는 이름의 친구는 포기하고 돌아갔다. 그가 돌아가고 나자 또 다른 친구가 "우리도 돌아가자."라고 다시 제안했다. 그러나 나는 여기서 그만둘 수 없었다. 이미 지불한 비용이 너무 아까웠다.

목포해양전문대학은 학비가 무료다. 그렇지만 기성회비가 있다. 당시에 10만 원가량 했던 것으로 기억된다. 그것에 더해서 기숙사에 들어오기 위해 여러 가지 물품을 구매해 왔다. 그 물품 가격도 10여만 원 가까이 된다. 30만 원을 이미 지출한 것인데, 당시에는 매우 큰 금액이다. 웬만한 직장인의 두 달 치 월급에 해당하는 액수다.

“야! 여기까지 왔으면 끝을 봐야지. 배 안 탈 거야? 외항선 타야지. 그러려고 여기 온 거잖아! 한번 버텨 보자. 죽기야 하겠어?”

내가 친구들을 점잖게 타일렀다. 지금 생각해 봐도 그 시절의 나는 철이 일찍 들었던 것 같다. 아마도 고등학교 때 반장을 한 것이 도움이 됐으리라. 그리고 십장을 하는 아버지의 영향도 받았을 것이다.

나의 말을 들은 친구들은 힘들어도 함께 하기로 했다. 더 이상 포기하고 돌아간 친구는 나오지 않았다.

🏫 2학년 욕을 했다가…

　　당시 목포해양전문대학에서 유행하던 말이 있다. 지금은 그런 말이 사라졌다고 한다.

　"2학년은 목포 시장 자리하고 안 바꾼다. 3학년은 대통령 자리를 줘도 안 바꾼다."

　그 시절 군대에서 '병장은 하느님과 동격'이라는 말이 있었던 것과 비슷한 의미다. 그만큼 목포해양전문대학의 군기가 엄했다. 2학년의 지시는 1학년에게는 거역할 수 없는 명령이었다. 2학년이 1학년에게 하는 모든 행위는 그 안에서 합법이었다.

　내가 1학년 2학기 때 이런 일화가 있었다. 저녁 식사 시간에 우리는 줄을 맞춰서 식당 입구에 서있었다. 식사는 2학년이 먼저 했고, 1학년이 그 뒤에 했다. 나는 1학년 11중대에 소속되어 있었다. 1중대부터 식사를 했기 때문에 우리 중대는 늘 마지막에 식당에 입장했다.

　2학년들의 1학년 괴롭힘은 때와 장소를 가리지 않았다. 어디서

든, 언제든지 이어졌다. 그것이 일상이었다. 식당에서도 마찬가지
였다.

"식사하는 속도 봐라. 눈깔이 돌아가는 소리가 들린다."

이러면서 밥 먹는 1학년들을 괴롭혔다. 2학년들은 식당에서도 손
에 몽둥이를 들고 있었다. 그 시절에는 인권이라는 것이 없었다.

그런 불합리한 모습을 보면 나는 참지를 못한다. 지금도 그렇지만 그때로 그랬다. 더 어린 시절에도 그랬다. 나는 잘못된 것을 보면, 불의를 보면 가만히 있지를 못한다. 군기가 그렇게 센 것으로 유명한 목포해양전문대학임에도 나는 나도 모르게 입 밖으로 2학년을 욕하는 발언을 내뱉었다. 물론 멀리 있는 2학년들이 듣지 못하도록 작은 소리로 말했다.

"저 새끼들 저거 더럽네. 밥 먹으러 와서 뭐 하는 거야."

그렇게 내가 작은 소리로 말하고 나자, 누가 뒤에서 내 등을 톡톡 두드렸다.

'나는 아이, 뭐야?'라고 속으로 생각하면서 고개를 돌렸다. 내 뒤에서 나의 등을 두드린 그 사람과 나의 눈이 정확하게 마주쳤다. 그의 눈 속에 분노가 가득했다. 그의 견장을 볼 필요도 없었다. 그의 표정에서 나는 그가 2학년 선배라는 것을 알 수 있었다.

'아이 씨발, 망했다!'

나는 이렇게 생각하면서 눈을 아래로 내리깔았다. 그러자 그가 말했다.

"326분대 보고해, 이 자식이 2학년에게 욕을 해?"

보고하러 오라는 말은 기합받으러 오라는 말이었다. 2학년에게 보고하러 갔다 오면 반 죽은 상태로 돌아오는 것이 그 시절의 관례였다. 밥을 어떻게 먹었는지 기억도 없다. 밥맛이 하나도 없었다. 죽도록 얻어맞을 생각을 하는데 밥맛이 있을 수가 없었다.

"들어가도 좋습니까?"

나는 보고를 하라고 나에게 지시한 2학년 선배의 기숙사 문을 조용히 두드리고 나서 그렇게 물었다.

"들어와, 이 새끼야!"

안에서 고함이 터져 나왔다. 나는 겁먹은 표정으로 잔뜩 긴장한 채 조용히 문을 열고 들어갔다. 그러고는 시선은 정면을 향한 채 걸음을 오른쪽으로 세 걸음 옮겨서 선배와 정면으로 마주치는 위치에 섰다.

"몇 분대 아무개 보고하러 왔습니다."

내 말이 끝나기도 전에 "이 새끼!"하는 욕설과 함께 발이 날아와 내 명치를 가격했다. 나는 뒤로 밀려나서 벽에 부딪혔다. 그러나 곧바로 자세를 바로잡고 섰다.

다행히 나는 운이 좋았다. 좋은 선배를 만난 것이다. 이 선배는 딱 한 대만 때리고서는 더 이상 때리지 않았다.

"야, 똑바로 해. 앞으로 2학년 욕하지 마!"

그렇게 말하고는 돌아가라고 했다. 지금 생각해 보면 멋있는 선배였다.

이 선배와 달리 못된 선배들도 있었다. 쉬는 날 학교를 나와서 목포 시내에서 마주쳐도 군기를 잡는 선배가 있었다. 심한 선배는 목포 시내에서 만난 후배를 머리 박기 기합을 시킨 적도 있다.

인생은 돌고 돈다. 목포해양전문대학 시절 후배들에게 악독하게 했던 선배들은 동문회에 나타나지 않는다. 사회에서 만나기도 힘들다. 후배들을 만나기가 두려울 것이다. 반대로 합리적이었던 훌륭한 선배들은 지금도 후배들의 존경을 받는다.

힘들게 생활했기 때문인지 우리 목포해양전문대학(현재는 목포해양대학교) 동창들의 모임이 잘 운영된다. 나는 동창회에서도 적극적으로 활동한다.

2006년, 졸업 20주년을 기념하는 행사가 열렸다. 그 행사의 총무를 맡아서 주도적으로 행사를 치렀다.

2026년에는 졸업 40주년 행사가 열린다. 친구 중 나에게 추진위원장을 맡아서 행사를 주관하라고 권유하고 있다. "나도 바쁘다. 이번 추진위원장은 다른 친구에게 맡겨라." 이렇게 말은 해놓았지만 아마도 그 행사도 하게 되면 내가 적극적으로 참여해야 할 것 같다.

어디서든지 무슨 일이든지 열심히 해야만 하는 내 성격은 어디를 가나 일을 만든다.

2025년도 국립목포해양대학교
재경·재인동문회 친목과 화합의 송년의 밤
일시 : 2025년 12월 11일   장소 : 웨딩그룹위더스 영등포
31기
방운제

🏫 유일한 취미, 노래 부르는 것

음악을 좋아한다. 나의 아버지가 음악을 좋아했던 것 같다. 내가 어릴 적 집에 커다란 전축이 있었다. 우리 동네에서 제일 좋은 전축이었다. 그 당시 유명한 메이커 전축이었는데, 동네 사람들이 부러워했던 기억이 있다. 아버지가 새로 출시되는 제품을 사는 것을 좋아해서 새로 나온 전축을 샀다. 하지만 단순히 새로 출시되었기 때문에 산 것만은 아니다. 지금 생각해 보면 아버지가 음악을 좋아했던 것 같다. 그러니까 저녁에 퇴근하면서 LP를 여러 장 사들고 귀가했던 것이다.

아버지의 피를 물려받았으니 내가 음악을 좋아하는 것은 당연하다. 내가 소년기를 지나 청소년기를 지날 때 대한민국은 통기타 바람이 불던 시기였다. 사내라면 누구나 통기타를 한번 연주하는 것이 당시의 로망이었다.

중학교를 졸업할 무렵 아버지가 원하는 포항수산고등학교로 진학이 결정되고 나자 나는 기타를 배워야겠다고 생각했다. 당시 우리 동네에 통기타 바람이 휘몰아쳤다. 그 유행에 내가 빠질 수는 없었다.

우리 집 바로 옆에 연길이라는 친구가 살고 있었다. 이 친구가 기타를 잘 연주했다. 그 친구에게 배우면 되겠다고 생각하고서 어머니에게 기타를 사달라고 졸랐다. 아버지에게 사달라고 할 용기는 나지 않았다. 아버지는 늘 어려운 존재였다. 아버지와 달리 어머니는 내 말을 잘 들어줬고, 늘 나를 편하게 해주었다.

어머니가 아버지에게 얘기하니 아버지도 거절하지 않았다. 아버지는 화끈한 성격이었다. 해주기로 마음먹으면 이것저것 따지지 않았다. 그냥 알아서 사라고 돈을 주었다. 당시로서는 거금이었는데, 나는 그 돈을 들고 친구들과 직접 악기사에 가서 기타를 샀다. '성음'이라는 메이커의 기타였다. 가격이 1만 6천 원 정도 했던 것으로 지금도 기억한다.

기타는 새로 구입했지만 기타를 배우는 것은 쉬운 일이 아니었다. 기타를 사달라고 조르는 것도 어려운 일인데, 기타를 배우겠다고 학원에 보내달라고 할 수는 없었다. 가수가 될 것도 아니고, 음악인의 길을 걸을 것도 아니었기에 나 역시 학원에 다닐 필요를 느끼지는 않았다. 취미로 하는 것이기에 친구에게 배우면 될 것으로 생각했다.

그런데 막상 기타를 사고 나자 친구 연길이가 가르쳐주지 않았다. 내 앞에서 자신의 기타 실력을 뽐내기만 했을 뿐 연주 방법을 제대로 가르쳐주지 않았다.

아버지가 한가지 취미를 오랫동안 유지하지 않고 새로운 취미를 찾는 것이 나의 유전자에도 그대로 전수되었나 보다. 기타를 취미로 즐기기는 했지만, 기타 연주에 깊이 빠지지는 않았다. 기타 연주를 배우려고 대단한 노력을 기울이지도 않았다. 친구들과 동네 형들의 연주하는 모습을 보면서 어깨너머로 배우는 정도였다. 그렇게 기타 연주를 공부했기에 뛰어난 연주자는 될 수 없었다. 다만 웬만한 연주는 가능한 정도의 연주 실력을 연마했다.

부모님은 늘 부지런해야 한다고 강조했다. 부지런해야 먹고 산다는 것이었는데, 내 기준으로는 기타를 연주하는 것은 부지런한 것과는 다른 차원이었다. 기타 연주를 부지런히 한다고 먹고 살 수 있는 것은 아니라고 나는 그 시절에도 생각했다. 다만, 음악을 좋아하고 노래를 좋아하는 유전자는 내 몸속에 잠재되어 있다.

포항수산고에 입학한 이후로는 기타를 칠 기회가 거의 없었다. 성인이 되고 직장생활을 하면서는 먹고 사는 일에 전념하느라 기타 연주는 생각할 겨를도 없었다. 그러나 음악을 좋아하는 유전자만은 내 몸속에 그대로 남아있다. 저녁에 술을 한잔하면 음악을 좋아하던 청소년 시절의 내가 나타난다. 술이 전두엽을 살짝 마비시키고 나면 나는 노래를 한 곡 부르는 라이브 주점을 찾는다. 그곳에 가서 노래를 서너 곡 부르고 나면 그날의 스트레스와 피로가 싹 가신다.

노래를 좋아하는 내가 1980년대 중반에 유행했던 노래를 잘 모른다. 그 이유는 그 시절에 내가 외항선을 탔기 때문이다. 해외로 나가는 화물선을 탔는데, 그 당시에는 해외로 나가는 화물선에 텔레비전이 없었다. 우리나라가 위성방송을 하지 않던 시절이라서 수출용 화물선에서 텔레비전을 볼 수가 없었다. 그래서 그 시절의 유행가를 모른다.

어느 책에서 읽은 기억이 있다. 노래를 부르는 것은 사람만이 아니다. 모든 동물이 노래를 부른다. 노래하는 방식이 다를 뿐이다. 지구에서 가장 먼저 소리를 낸 동물은 귀뚜라미라고 한다. 그 동물을 귀뚜라미라고 명명하지는 않았지만, 귀뚜라미 계열의 동물이란다. 가을이 되면 시골에서는 귀뚜라미 소리가 들리고, 그 귀뚜라미 소리를 듣고 사람들은 노래를 만들었다.

내가 고등학교 다니던 시절에 가수 백영규가 불렀던 노래가 생각한다.

"귀뚜라미 울음소리가 가슴 깊이 파고드는데…." 가수 백영규는 노랫말이 이렇게 시작되는 '슬픈 계절에 만나요.'라는 노래를 1980년도에 발표했다. 이 노래 하나로 그는 스타가 됐고, 그해 남자 신인 가수상을 받았다. 내가 고등학교에 입학했던 그해다.

노래를 좋아하는 것, 술을 한잔하면 노래를 부르고 싶은 것. 그것은 아마도 인간의 본성이 아닌가 생각된다. 아니, 아마도 인간의 본성뿐 아니라 동물의 본성이 아닐까?

🏫 하루 종일 당구장에서

　　고등학교 입학이 결정되고 나면, 중학교 3학년 말부터 고등학교 입학하기까지의 기간 두세 달은 여유 있는 시간이다. 중학교 과정은 끝났고, 고등학교 과정은 시작되지 않았고. 그야말로 해방의 시간이다. 그 시기에 나는 기타를 배웠다.

　이 시기보다 더 여유로운 시기가 고등학교 과정을 거의 끝마치고 대학에 입학하기 전의 시기다. 포항수산고 졸업을 앞두고 목포해양전문대학에 합격이 확정되고 나자, 나에게 3년 만에 다시 해방의 시간이 찾아왔다. 3년 전보다 더 여유로운 시간이었다. 나는 그 두 달여의 시간 동안 당구장에서 살았다.

　21세기 대한민국은 선진국이다. 가장 귀한 것이 사람이고, 시간이다. 먹을 것을 잔뜩 차려놓고 잔치를 열어도 정성껏 초대하지 않으면 사람들을 모으기 힘들다. 아주 짧은 시간 일을 시켜도 높은 임금을 지급해야 한다.

　하지만 1980년대 초 대한민국은 달랐다. 개발도상국이었다. 이 시기에 포항은 가장 흔한 것이 젊은이들이었고 시간이었다. 내가 당구장에서 하루 종일 한 일은 당구공과 당구대를 열심히 닦는 것이었다. 임금을 받고 하는 것이 아니었다. 그냥 무료로 공을 닦았고 당구대를 청소했다. 그 노동의 대가로 내가 받는 것은 당구를 공짜로 치는 것이었다.

그 시절에는 할 것이 없었다. TV가 하루 종일 방영되는 것도 아니었다. 정규방송이 시작되기 전에 '화면조정' 시간이 있었다. TV 방송을 빨리 시청하려고 화면조정 시간부터 TV를 켜놓곤 했었다. 방송 채널이 지금처럼 다양하지도 않았다. 누구나 손에 들고 다니는 스마트폰은 SF영화에서나 가능했다.

고등학교는 졸업한 것이나 다름없고, 대학은 정해졌고, 그야말로 할 일이 없었다. 그래서 나는 당구장으로 출근했다. 유일하게 즐길 수 있는 것이 당구장에 있었기 때문이다. 그곳에 가면 친구들도 만날 수 있고, 동네 형들도 있었다. 당구를 공짜로 배울 수 있는 것이 가장 큰 장점이었다.

하루 종일 당구장에 있었기에 저녁 먹을 시간이 되면 어머니가 당구장으로 나를 찾아왔다. 막내아들이 저녁 식사를 굶을지 걱정돼서 그런 것이다. 두 달여의 기간 동안 당구장에서 살다시피 하면서 나는 당구를 배웠고 실력을 늘렸다. 당구를 처음 배워서

두 달 만에 200을 치는 실력이 됐다.

할 때는 열심히 하지만 그때뿐이다. 당구도 내가 먹고사는 것과는 아무런 관련이 없기 때문이다. 그 이후로는 당구를 별로 치지 않았다. 아마도 지금은 그 시절보다 실력이 많이 줄었을 것이다.

제3장

가 족

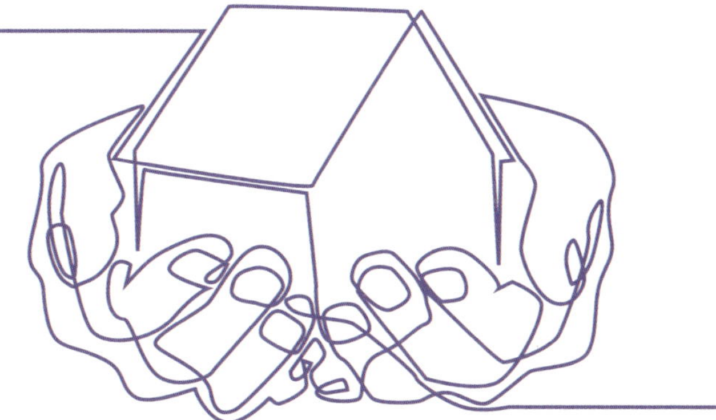

🏠 사고 싶은 물건은 다 사는 아버지

방진국. 나의 아버지 이름이다. 키 176cm, 몸무게는 정확히 알 수 없으나, 대략 80kg. 지금은 큰 체격이 아니지만, 아버지 세대에서는 매우 큰 체격이다. 나는 어려서 아버지보다 체격이 더 큰 사람을 본 기억이 없다.

아버지는 체격이 큰 것만이 아니었다. 목소리도 우렁찼다. 건설 현장에서 일하는 노동자들에게 지시하는 것을 여러 번 보았다. 아버지는 큰 덩치에 어울리는 우렁찬 목소리로 작업자들에게 지시를 내렸다. 성격이 급하고 불같아서 작업자들은 아버지의 말을 잘 따랐다.

아버지는 건설공사 현장에서 십장으로 일했다. 아버지에게 딱 어울리는 직업이었다고 나는 어릴 적 생각했다. 검은 선글라스를 착용하고 작업자들에게 큰 소리로 지시를 내리는 아버지의 모습은 지금도 생생하다.

"야! 이놈들아, 그렇게 해서 언제 일을 끝내냐? 뭘 그렇게 꾸물대!"

아버지가 큰 목소리로 이렇게 한번 호통치면 작업자들의 작업 속도가 두 배는 빨라졌다. 지금 생각해 보아도 건설 현장의 십장은 아버지에게 매우 잘 어울리는 직업이다. 건설회사에 다녔던 아버지는 자신에게 잘 어울리는 임무를 맡았기 때문에 회사에서도 실력을 인정받았다. 또한 부지런했다. 아버지는 일을 즐겼다. 그는 부지런했다. 가만히 있는 것은 그에게 어울리지 않았다. 무언가를 해야 했고, 늘 움직여야 했다. 잘 어울리는 일을 맡았고, 일을 즐기고 부지런 하니 회사에서 인정받지 않을 수가 없었다.

내가 어린 시절 그리고 청년 시절까지 아버지가 회사에 다니던 시절에 우리 집에 살림살이가 넉넉했다.

아버지만 직업이 있는 것도 아니었다. 아버지가 일하는 건설 현장에서 어머니는 식당을 운영했다. 건설 현장의 식당을 '함바'라고 불렀는데, 지금도 그렇게 부르기도 한다. 어머니도 부지런했다. 아버지는 이것저것 다 하느라 부지런했지만, 어머니는 늘 부지런하게 일 만했다. 당시에 아버지가 회사에서 받아오는 월급보다, 어머니가 식당에서 벌어오는 수입이 더 많았다. 그 시절에는 그것을 정확히 알지 못했지만, 지금 생각해 보면 어머니의 수입이 더 많았을 것으로 생각된다. 더구나 어머니는 번 돈을 아껴서 사용했지만, 아버지는 돈을 펑펑 써댔다.

어머니는 부지런함과 검소가 몸에 밴 사람이었다. 어머니는 초등학교만 졸업한 후에 삯바느질로 돈을 벌어서 생활비를 마련하고, 동생들의 학비도 지원해 주었다. 그런 환경에서 자랐기에 부지런함과 검소함은 어머니의 몸에 밴 습관이었다.

아버지는 달랐다. 부지런한 것은 아버지도 어머니에게 뒤지지 않는다. 그러나 아버지는 검소하지는 않았다. 부지런히 일을 하고, 또한 부지런히 하고 싶은 것을 다한 것이 아버지다. 어머니는 부지런히 일해서 돈을 벌고 그 돈을 허투루 쓰지 않았다. 이와 달리 아버지는 부지런히 일해서 돈을 벌고, 번 돈을 또한 부지런히 지출했다.

아버지는 사고 싶은 물건이 있으면 망설이지 않았다. 마음에 드는 물건이 있으면 일단 사고 보는 것이 아버지의 지출 습관이었다.

특히 전자제품이 새로 출시되면 아버지는 우리 동네에서 가장 먼저 구입했다. 요즘 표현으로 말하면 '얼리 어답터'였다.

컬러 TV가 출시되자 다른 집보다 먼저 사들였다. 새로 나온 냉장고, 새로 나온 세탁기. 이런 가전제품들을 아버지는 새로 나오는 즉시 사들였다. 당시에는 신용카드가 없던 시절이라서 할부 구매가 흔하지 않았다. 그래서 매월 일정액으로 나눠서 납입

하는 방식으로 가전제품을 샀다. 그런 납입 방식을 그 시절에는 '월부'라고 불렀다.

컬러 TV를 월부로 구매한 뒤에 월부가 끝나면 다른 가전제품을 구매하는 것이 보통 사람들의 생활방식이다. 그런데 아버지는 그렇게 느긋하게 기다리는 성격이 아니다. 먼저 산 전자제품의 월부 기간이 끝나기 전에 또 다른 전자제품을 월부로 구매했다.

내가 학교에서 수업을 마치고 집으로 돌아왔을 때 "아니, 이 양반에 이걸 또 사오면 어떡해?"라고 큰 소리로 말하는 어머니의 목소리가 들리는 날이 있다. 그런 날은 어김없이 아버지가 새로운 전자제품을 월부로 구매한 것이다.

"월급은 쥐꼬리만큼 받아오면서… 월부 내기도 힘들어" 아버지가 새 제품을 사 들고 귀가할 때마다 어머니는 이렇게 하소연했다. 그렇지만 아버지의 새 물건 사들이는 습관은 바뀌지 않았다.

전자제품만이 아니다. 아버지는 보기 좋은 냄비가 눈에 띄면 그것을 샀다. 밥솥도 샀다. 우리 집에 가전제품이나 주방용기는 어머니가 산 것이 하나도 없다. 모두 아버지가 사들인 것이다.

그 당시 학교에서 각 가정에 어느 가전제품을 보유하고 있는지 조사하곤 했다. 가전제품이 있으면 학생들에게 손을 들게 하는 방식으로 조사했다.

선생님이 "집에 텔레비전 있는 사람 손들어." 그러면 텔레비전이 집에 있는 학생들이 손을 들었다. 그다음에 선생님은 "집에 세탁기 있는 사람?" 그다음에 다시 "집에 냉장고 있는 사람?" 이런 식으로 계속에서 학생들에게 질문했다. 그러면 학생들은 선생님의 질문에 따라서 손을 들기도 하고 내리기도 했다.

나는 선생님의 질문이 진행되는 동안 계속해서 손을 들고 있었다. 그러자 선생님이 나에게 말했다.

"방운제, 너 팔 다쳤냐? 왜 계속 손을 들고 있어?"

그래도 내가 손을 내리지 않고 들고 있자, 선생님이 다시 물었다.

"너희 집에 이런 가전이 진짜로 다 있어?"

나는 그렇다고 대답했다. 우리 집에는 없는 가전제품이 없었다. 새로 나오는 가전제품은 아버지가 모두 사들였기 때문이다. 월부가 끝나기 전에 또다시 월부로.

아버지는 사들이고, 사들인 가전제품의 월부금은 어머니가 갚아나갔다. 아버지의 월급만으로는 아버지가 사들인 가전제품의 월부금을 갚는 것이 불가능할 정도였다.

🏠 하고 싶은 것은 다 해본 아버지

사고 싶은 물건이 있으면 꼭 사고야 말았던 아버지는 하고 싶은 것도 많았다. 다양한 취미의 향유자였다.

내가 중학교 다니던 시절 우리 집에 큰 전축이 생겼다. 아버지가 새로 사온 것이다. 당시에는 가격도 꽤 비싼 전축이었다. 퇴근하는 길에는 가끔씩 레코드판(LP)을 여러 장 사들고 왔다. 그리고 LP를 여러 장 사온 다음 날 아침이면 온 집안에 떠들썩하게 들릴 정도로 전축에서 큰 음악이 흘러나왔다. 전축에서 흘러나온 음악 소리는 우리 집안만 떠들썩하게 한 것이 아니라, 온 동네에 울려 퍼질 정도였다. 1980년대 그 시절에는 그렇게 음악을 크게 틀어놓아도 문제가 되지 않던 시절이었다. 우리 집에서 울려 퍼지는 음악 소리를 더 가까이에서 들으려고 사람들이 몰려들었다. 새로 산 전축을 보고 싶어서 찾아오는 동네 주민들도 많았다. 내가 음악을 좋아하고 노래 부르는 것을 좋아하는 이유가 음악을 좋아하는 아버지의 유전자를 물려받았기 때문인 것 같다.

아버지의 취미생활이 음악감상만은 아니었다. 아버지의 취미는 수시로 바뀌었다. 새로 나온 가전제품이 있으면 새것으로 바꾸듯이 아버지도 새로운 유행이 퍼지면 서둘러서 자신의 취미도 새로운 것으로 교체했다. 아버지는 모든 부분에서 얼리 어답터였다.

내가 중학교 다니던 시절로 기억한다. 아버지가 하루는 사진을 촬영하는 카메라를 사 들고 귀가했다. 역시나 새로 출시된 최신품, 카메라였다. 지금은 누구나 손에 카메라를 들고 산다. 스마트폰이 보급된 이후 카메라는 더는 귀한 물건이 아니다. 하지만 1980년대 카메라는 귀한 물건이었다. 사진을 촬영하는 것은 고급 취미에 속했다. 아버지는 그런 고급 취미를 향유한 것이다.

아버지가 카메라를 어깨에 메고서 사진을 찍어주던 기억이 지금도 생생하다. 그런데, 아버지의 사진 촬영 취미는 오래가지 않았다. 비디오카메라가 등장하면서 아버지의 취미생활도 그쪽으로 옮겨갔다. 얼리 어답터 아버지는 비디오카메라가 유행하기 시작하자 누구에 뒤질세라 비디오카메라를 사들고 왔다. 그리고 그날부터 비디오카메라 촬영에 빠져 살았다. 비디오카메라를 들고 온 집안을 돌아다니면서 촬영했다.

그 당시 특히 아버지가 비디오카메라로 많이 촬영한 것이 나의 아들들, 아버지의 손자들이었다. 우리 집에 올라오면 아이들이 노는 모습을 몇 시간씩 비디오카메라로 촬영했다. 그리고 그것을 가지고 어머니에게 가서 두 분이 함께 재생해서 보곤 했다. 보통 가정의 할머니와 할아버지가 사진으로 손자들을 볼 때 우리 아버지는 동영상으로 손자들의 크는 모습을 보았다. 그야말로 우리 아버지는 얼리 어답터였다.

아버지가 세상과 이별하고 난 후, 나는 아버지의 유품 가운데 가장 먼저 카메라를 찾았다. 그리고 내가 갖겠다고 형제들에게 선언했다. 나의 기억에서 가장 오랫동안 생각나는 것이 아버지의 카메라였기 때문이다. 스틸 사진을 찍는 삼성카메라와 비디오카메라. 아버지가 손에 들고 다니면서 이곳저곳을 촬영했던 그 물건들을 내 곁에 두고 있으면 언제나 아버지와 함께 있다는 느낌이 든다. 카메라에는 아버지의 손때가 묻어 있고, 그것들에는 또한 아버지의 체취가 배어 있다. 아버지가 생각날 때면 나는 지금도 그 카메라들을 꺼내어 본다.

모든 취미가 그렇듯이, 아버지의 비디오 촬영 취미도 오래가지 않았다. 아버지의 취미는 다시 새로운 곳으로 향했다. 아버지는 사냥을 시작했다. 고급 사냥용 공기총을 사들인 후 시골의 산과 들을 누비면서 사냥하고 다녔다. 사냥하러 다닐 때 그냥 걸어 다니지 않았다. 아버지는 오토바이도 구매했다. 국산 오토바이였는데 미국식으로 나온 것이었다. 등 뒤에 공기총을 맨 채 오토바이를 운전하는 아버지는 그 시절에 가장 멋쟁이 남성이었다.

아버지는 정말, 해보고 싶은 것은 다 해보고 사셨다.

🏠 딸 같은 아들

　　어머니. 그 세글자를 생각하면 지금도 목이 먹먹해진다. 어머니는 늘 사랑으로 우리 아들들을 키웠다. 늘 자신을 희생하면서 살았다. 어머니는 일만 열심히 했다. 일해서 번 돈을 자신을 위해 쓰지 않았다. 어머니의 취미가 무엇인지 모른다. 어머니는 별다른 취미가 없었다.

　아버지는 취미가 수시로 바뀌었다. 사진기를 들고서 한동안 사진을 찍고, 그것이 싫증 나면 비디오카메라를 사고, 그것도 시들해지면 다시 사냥하고. 그렇게 아버지의 취미가 여러 차례 바뀌는 것을 보았다. 그런데 어머니는 취미생활을 하는 것을 본 기억이 없다. 어머니의 취미가 무엇인지조차 모른다. 더 좋은 시절에 삶을 살았으면 어머니는 어떤 취미생활을 했을까? 이런 생각을 가끔 한다.

　우리 부모님은 딸이 없다. 아들만 세 명 주르르 낳아서 키웠다. 딸이 없으니, 어머니의 삶이 더 고달팠다. 어머니를 도와서 집안

일을 해줄 딸이 없었기 때문이다. 그래서 내가 우리 집의 딸 노릇을 했다. 고생하는 어머니를 돕고 싶어서 나는 그렇게 했다. 큰형과 둘째 형은 모두 어머니를 도울 생각을 하지 않았다. 사실, 그 시절에는 남자들이 집안일하는 것이 평범하지 않던 시절이었다.

초등학교 다닐 때부터 우리 집 청소는 내가 도맡아 했다. 학교에서 돌아오면 나는 집 안 청소부터 했다. 어머니를 대신해서 설거지도 많이 했다. 아침 일찍부터 건설 현장의 식당으로 출근하는 어머니는 저녁 늦게 퇴근해서 돌아왔다. 어머니가 그렇게 고생하는 것을 알기에 나는 어머니의 일을 도와야겠다는 생각에서 청소하고 설거지를 했다.

인생 말년에 어머니는 치매를 앓았다. 그럼에도 막내아들인 내가 요양병원으로 찾아가면 나를 알아보고 반갑게 맞이했다. 그러면서 늘 칭찬했다.

"우리 막내아들이 엄마를 많이 도와줬다. 청소도 하고 설거지도 하고 참 성실한 아들이다."

내가 집사람과 함께 요양병원으로 어머니를 찾아갈 때면 어머니가 늘 이렇게 말했다. 그러면 산옥 씨는 나의 옆에서 이렇게 말했다.

"어머니 안 그래요, 이 사람 집안일 안 해요."

물론, 내가 어머니와 함께 살던 그 시절처럼 집안일을 많이 하지는 않는다. 내가 집 밖에서 바쁘게 살고 있기 때문에 집안일을 돕는 것에는 한계가 있다. 그걸 집사람도 알면서 그냥 장난스럽게 그렇게 말하는 것이라는 것도 안다.

내가 어릴 적처럼 집안일을 많이 하지는 않지만, 지금도 나는 주말에 집에 있을 때는 집 안 청소를 도맡아서 한다. 부지런한 것이 몸에 밴 습관이라서 토요일이나 일요일이라고 해서 늦게까지 잠을 자지 않는다. 아침 일찍 일어나는 것은 나의 유전자에 새겨진 거부할 수 없는 습관이다. 그리고 토요일과 일요일 아침에 일어나면 내가 청소기를 이용해서 집안 곳곳을 청소한다. 그런 나의 모습을 보면서 집사람도 이렇게 말한다.

"공식이 아빠, 부지런하고 성실한 것은 내가 인정한다, 인정해."

🏠 아찔했던 사건

사냥을 취미로 하던 아버지 때문에 우리 가족은 매우 아찔한 경험을 해야 했다. 전적으로 아버지 때문에 발생한 사건은 아니다. 아버지의 소유물인 사냥용 공기총으로 인한 사건이 발생한 것이다.

내가 결혼하고 아들 두 명을 낳은 후의 일이다. 나의 아들들이 초등학교 입학하기 직전의 나이였었다. 내가 아이들과 함께 아버지가 사는 집으로 내려갔다. 주말을 맞아서 다녀오려던 참이었다.

아버지가 취미로 사냥하는 것을 알기에 아버지의 사냥용 공기총이 어디 있는지를 알고 있었다. 그즈음에는 아버지도 사냥을 자주 다니지는 않았다. 아버지의 취미생활은 오래가지 않는다. 사냥도 마찬가지였다. 아버지의 공기총은 사냥에 사용되는 시간은 많지 않고 대부분 보관함에 보관된 채로 있었다.

시골집에 아이들과 함께 내려간 나는 아버지가 보관함에 보관해 둔 공기총을 꺼내서 아이들에게 보여줬다. 그러면서 총은 이렇게 쏘는 것이라고 아이들에게 사격하는 자세를 보여주기도 했다. 나의 아들들은 신기한 듯이 총을 보았다. 이쪽저쪽을 만져보기도 했다.

그러다가 나는 총구를 돌려서 멀리 떨어진 주택의 창문을 향해서 사격하는 자세를 취했다. 아무리 빈 총이라고는 하지만 아이들이 있는 쪽으로 총구를 향할 수는 없는 것이었다. 그래서 아들들이 있는 반대편의 멀리 떨어진 곳으로 총구를 향한 것이었다. 입으로 '빵' 소리를 내면서 나는 살짝 방아쇠를 당겼다. 그런데, 입으로 빵 소리를 내는 것과 동시에 나는 뒤로 주저앉고 말았다. 나는 빈총이란 것을 알기에 입으로 빵 소리를 냈던 것인데, 어찌 된 일인지 실제로 총에서 총알이 발사되는 소리가 났다. 실제로 총이 발사된 것이다. 내 총구가 향했던 멀리 떨어져 있는 주택의 유리창이 깨지는 소리도 들렸다. 나는 너무도 놀라서 주저앉고 말았다.

당연히 총이 비어 있을 것으로 생각했다. 보관된 총이 장전되어 있을 것이라고 상상하지 않은 것은 당연했다. 장전해서 총을 보관하는 사람이 어디 있나? 공기총은 또한 가스를 채워놓아야만 사용할 수가 있다. 당연히 아버지가 가스도 빼놓았을 것으로 생각했다.

하지만 그렇지 않았다. 총은 장전되어 있었고 언제든지 사용할 수 있도록 가스도 충전되어 있었다. 나는 그것도 모른 채 어린 우리 아이들에게 총을 보여주고 이렇게 쏘는 것이라고 설명해주었던 것이다. 멀리 떨어진 곳을 행해서 방아쇠를 당긴 것이 천만다행이었다. 그렇지 않고 '다른 곳을 보고 방아쇠를 당겼다면' 하는 생각을 할 때마다 내 머리카락이 쭈뼛 섰다.

나는 아버지에게 총을 없애자고 얘기했다.

"아버지 집에 더 이상 총을 두면 안 되겠어요. 어린아이들이 있는데 위험해요."

아버지는 자기 아들들의 말은 거의 듣지 않는다. 그냥 무시한다. 그런데 이번에는 달랐다. 아들의 안전이 문제가 아니라, 손자들의 안전이 달린 문제였다. 완고한 성격의 아버지도 손자들의 안전 앞에서는 마음이 약해졌다. 총을 없애자는 나의 말을 듣고서는 바로 그 총을 팔아버렸다.

🏠 방씨 집안의 '대·성·공'

　　　　우리 집은 전통을 중시하는 집안이다. 경상도 지역이 대체로 보수적인데, 우리 집도 매우 보수적이었다. 정치적으로 그렇다는 것이 아니라, 전통문화를 지키는 면에서 그렇다는 것이다.

　아버지는 제사를 지내는 것에도 정성을 다했다. 제사를 지낼 때면 늘 아들 세 명에게 제사상을 어떻게 차리는지, 지방은 어떻게 쓰는지를 교육했다. 아버지는 유교 전통을 매우 중시했다. 온양 방씨의 뿌리를 찾아서 계승해야 한다면서 온양 방씨 시제도 많이 찾아다녔다. 그런 아버지는 '방씨 가문이 성공해야 한다.'라는 생각을 하고 있었고, 그것을 아들 세 명에게 늘 강조했다.

　나의 아버지 방진국, 그는 자식들이 성공하기를 원했고 그래야 한다고 강조했다. 그가 성공이라고 하는 기준은 고위 공무원이 되거나, 검사 판사 같은 '사'자가 들어간 직업인이 되거나, 사업적으로 크게 성공해서 수백억의 자산가가 되는 것이었다.

하지만 그의 아들 세 명. 용제, 영제, 운제는 그가 기준으로 세운 성공의 기준을 충족시키지 못했다. 세 아들 모두 평범한 인생을 살고 있다. 그렇기에 아버지는 아들에게서 이루지 못한 방씨 집안의 성공을 손자들이 해주기를 바랐다.

"너희들이 아들을 낳으면 무조건 이름을 '대성공'으로 해야 한다." 우리가 결혼할 나이가 됐을 때 아버지는 우리 삼 형제를 앞혀 놓고 이렇게 말했다. 자신의 아들들이 성공하지 못했으니 손자들이라도 성공해야 한다는 것이 아버지의 설명이었다. "대성공 세글자로 이름을 지으면 누구 하나는 성공하지 않겠나?" 아버지는 그렇게 말했다.

아들들의 삶에 만족하지 못했던 아버지가 자신의 바람을 이루기 위해 행한 것이 손자들의 이름을 작명한 것이다. 아버지는 손자들의 이름에 '대성공'이라는 세글자를 넣어 직접 작명하도록 명했고, 그런 아버지의 명은 그대로 손자들의 이름에 적용되었다.

우리 집에서 아버지의 명령은 거역할 수 없는 법이었다. 세 아들 누구도 아버지의 지시를 따르지 않은 적이 없고, 아버지의 명을 거역하지 않았다. '대성공'이라고 손자들의 이름을 작명한 아버지의 의지에 따라서 아버지의 아들 세 명은 자신들이 낳은 아들, 즉 아버지의 손자 이름에 '대성공'을 넣었다. 그리고 그것을 그대로 주민등록에 등록했다.

아버지의 뜻에 따라서 '대성공'을 우리 아들들의 이름에 적용하는 방식은 이렇다. 우리 삼 형제는 다행히 모두 아들을 낳았다. 따라서 아버지의 뜻에 맞추어 '대성공' 세글자를 아들들의 이름에 넣을 수 있었다. 그리하여, 아버지의 첫째 아들 방용제가 낳은 아들의 이름은 '대식', 둘째 아들 방영제가 낳은 아들의 이름은 '성식', 셋째 아들인 나 방운제가 낳은 아들의 이름은 '공식'이가 됐다.

뒤에 식자는 돌림자다. 온양 방씨 37대손에 공통으로 들어가는 돌림자가 '식'자다. 나는 36대로 '제'자 돌림이다. 그렇게 돌림자 '식'자를 뒤에 놓고 아버지가 정해준 대로 아들들의 순서대로 손자의 이름에 '대성공'을 넣었다.

그런데 대식이나 성식이는 흔한 이름이어서 문제가 되지 않았다. 방대식, 방성식 이상한 이름이 아니다. 다만 나의 아들 공식이는 이름이 좀 특이하다. 그래서 나의 아들 공식이가 초등학교 다니던 시절에는 친구들로부터 많은 놀림을 받았다. 수학 시간에도 과학 시간에도 공식이 무엇이냐고 아이들이 공식이에게 장난스럽게 묻곤 했다. 이름이 공식이니 왜 안 그렇겠나?

아이들은 또한 "그럼 공식이 동생 이름은 정식이냐?"라고도 놀렸다. 정식이라는 이름에 성을 합하면 '방정식'이 되기 때문이다.

사실, 나는 내 아들의 이름을 공식이라고 짓는 것에 반대했다. 아무리 아버지의 뜻이 중요해도 '공식'이라는 이름은 놀림을 받을 것이 분명했기 때문이다. 그래서 공식이를 낳자마자 아버지에게 '공식'이라고 이름을 지을 수는 없다고 항변했다. 하지만 그런 나의 항변이 아버지에게 먹힐 가능성은 없었다. 아버지는 "쓸데없는 소리 하지 마라. 벌써 호적에 다 올렸다." 이러면서 안 된다고 했다. 유교 전통을 중시하는 온양 방씨 집안에서 아버지의 뜻을 꺾을 수 있는 아들은 없었다.

다행히 아들이 청소년기를 지나면서는 이름 때문에 놀림 받는 일은 없어졌다. 그래도 나는 혹시나 하는 마음에 아들이 대학생이 되었을 때 개명할 생각이 있는지 물어본 적이 있다.

"아들아, 요즘은 개명하는 것이 쉬워졌는데, 너 이름 바꿔볼 생각 없냐?"

그러자 아들은 아무렇지도 않다는 듯이 말했다.

"괜찮아, 여태 이 이름으로 살았는데 새삼스럽게 왜 이름을 바꿔. 나 이제 내 이름 좋아."

우리 아버지가 딸 낳는 재주가 없었는데, 나 역시 딸을 낳는 재주가 없었다. 둘째를 낳았는데 둘째도 아들이었다.

아들을 낳고 나니 또다시 걱정이 찾아들었다. 아버지가 아들의 이름에 이상한 글자를 넣을까 봐 걱정된 것이었다. 그럼에도 아버지의 의견을 묻지 않을 수는 없었다. 내 마음대로 둘째 아들의 이름을 작명했다가는 불호령이 떨어질 수 있기 때문이다.

"아버지, 둘째가 아들인데, 이름은 어떻게 할까요?"

나는 조심스럽게 아버지에게 물었다.

"네가 알아서 해라."

아버지가 이상한 이름으로 작명할까 봐 걱정했던 나는 마음속으로 쾌재를 불렀다. 그렇지만 다시 한번 확인할 필요가 있었다. 아버지가 나중에 딴말을 할지 모를 일이기 때문이다. 그래서 또다시 아버지에게 물었다.

"둘째도 아들인데…."

"둘째는 상관없다. 첫째가 중요하지. 네가 알아서 해."

아버지는 자신이 첫째 아들이었기에 늘 첫째를 중시했다. 아버지는 우리 방씨 집안의 장손이었다. 나로서는 매우 다행이었다. 아버지의 생각이 아니라 이제는 내 의지대로 내 아들의 이름을 작명할 수 있는 것이었다.

여러 날을 고민한 끝에 나는 둘째 아들에게 '경식'이라는 이름을 붙여 주었다. 어른들에게 공경하라는 의미로 그렇게 한 것이다.

첫째 아들 공식, 둘째 아들 경식, 돌림자를 빼고 두 이름을 합하면 '공경'이 된다.

둘째 아들의 이름을 이렇게 짓고 나서 나는 아버지 생각이 나서 슬며시 웃었다. 아버지는 자신들의 손자들에게 '대성공'이라는 의미를 담아서 이름을 지었다. 그런데 그것을 반대했던 내가 이제는 내 아들들의 이름을 '공경'이라는 의미를 담아서 지은 것이다. 나에게도 아버지와 같은 온양 방씨의 피가 흐른다는 것을 생각하면서 나는 슬며시 웃었다.

🏠 자식에게도 예외는 없다.

나는 노동운동을 하고 있다. 오랜 기간 노동운동을 해 왔다. 내가 노동운동을 하게 된 것은 나의 정의감 때문이다. 잘못된 것은 그냥 못 넘긴다. 잘못된 것은 잘못됐다고 말해야 하고, 그것을 바르게 고쳐야 하는 것이 내 성격이다. 어릴 적부터 그랬고 앞으로도 나의 성격은 나의 삶을 그렇게 이끌 것이다. 어느 것에도 누구에게도 예외가 없다. 잘못된 것은 잘못된 것이고, 잘한 것은 잘한 것이다.

첫째 아들 공식이가 중학교 3학년 때의 일이다. 집사람이 나에게 전화를 걸어왔다. 공식이가 다니는 학교에서 학부모 면담 요청이 왔다는 것이다. 아들 공식이에게 무슨 일이 생긴 것이라고 집사람은 덧붙여 설명했다. 학부모 면담에 내가 가기로 했다. 집사람은 직장에서 도저히 시간을 낼 수 없었다.

그 당시 안산은 고교입학이 비평준화 지역이었다. 좋은 고등학교를 가려고 중학교 3학년 학생들이 공부를 매우 열심히 했다. 아들 공식이도 공부를 잘하는 편이었다.

좋은 고등학교에 진학시키려고 음악이나 미술 시간에는 다른 공부를 하는 것을 중학교 3학년생들에는 비공식적으로 허용하던 시절이었다.

문제는 음악 수업 시간에 발생했다. 악기를 이용해서 실기시험을 치르는데 아이들이 실기시험을 포기한 것이다. 포기한 것이 아니라 무시했다는 표현이 더 적합할 수도 있다. 음악은 고등학교 입학하는데 차지하는 비중이 높지 않다. 특히 고등학교 입학하는데 음악 실기시험을 치르지는 않는다. 그러니 음악 실기 시간에 3학년 학생들 여러 명이 수학과 영어 공부를 한 것이다.

경험이 많고 세상 물정에 찌든 교사였다면 이런 학생들의 행동을 그냥 인정해 줬을 것이다. 음악 실기시험을 치르지 않아도 낙제 점수가 아니라 70점을 주어서 졸업하는 데 아무 문제없게 했을 것이다. 그것이 그 시절의 관례였다.

그런데 이 학교 중3 음악 교사는 음악 시간에 다른 과목 공부를 하는 학생들의 행동을 이해해 주지 않았다. 그래서 원칙대로 실기시험을 치르지 않은 학생들에게는 음악 점수를 0점 처리하겠다고 통보했다. 그러자 학생들이 반항했다. 반항한 학생들 가운데 공식이가 있었던 것이다. 그런 일로 공식이의 담임 교사가 면담을 요청한 것이다.

공식이의 담임 교사는 경험이 많지 않은 20대의 젊은 교사였다.

선생님은 학부모가 찾아오니 냉정하게 말하기는 어려웠던 것 같다. 공식이 뿐 아니라 다른 학생들도 선생님에게 대들었다고 말했다. 선생님은 더 이상 말하지 않았지만, 선생님의 말투에서 나의 아들 공식이가 유별나게 더 강하게 반항했다는 것을 알 수 있었다.

왜 안 그렇겠나. 공식이 입장에서는 음악 실기 점수를 0점 처리하겠다는 선생님의 말이 불합리하다고 생각했을 것이다. 다른 학교 선생님들은, 그리고 그 전 중 3학년들은 음악 시간에 다른 공부를 해도 아무 탈 없이 중학교를 졸업했는데 자기들만 피해를 본다고 생각이 들었을 것이다. 그러니 따졌을 것이고. 아빠가 잘못됐다고 생각되는 일이 있으면 그냥 넘기지 못하고 따지고 드는데, 아들이 그렇지 않은 성격을 갖기는 힘들다. 아버지를 닮았으니, 아들이 선생님에게 대들었을 것이 뻔해 보였다.

그러나 분명한 것은 실기 시험을 치르지 않았으면 0점 처리하는 것이 정상이다. 또한 학생이 선생님에게 대드는 것은 잘못한 것이다. 나의 기준으로는 그랬다. 그래서 선생님에게 원칙대로 처리하라고 말했다.

"선생님, 죄송합니다. 제가 가정교육을 잘못해서 그렇습니다."

나는 일단 담임 교사에게 사과부터 했다. 그리고 하고 싶은 말을 꺼냈다.

"제 아들이 잘못한 행동을 하면 몽둥이로 때려도 좋습니다. 얼굴을 때리면 상처가 나니까 얼굴만 아니면 어디든지 때려도 좋습니다. 저는 사랑의 매가 필요하다고 생각합니다."

내 말을 듣는 담임 교사의 표정이 달라졌다. 자기가 잘못한 것 같은 표정으로 바뀌었다. 나는 이어서 말했다.

"옛말에 '군사부일체'라고 하지 않습니까. 요즘 세상이 변했다고 하지만 저는 이 말이 진리라고 생각합니다. 선생님을 존경해야 하는데 선생님에게 대드는 학생이 있으면 저는 야단맞아야 한다고 생각합니다. 사랑의 매질을 한다면 저는 찬성합니다."

내가 이렇게 말하자 선생님이 오히려 사과했다.

"죄송합니다. 아버님, 제가 잘 못 가르쳤습니다. 이렇게 말하시는 학부모님은 처음 봤습니다."

선생님은 그러면서 다른 학부모 면담 때 힘들었던 일을 나에게 하소연하듯이 말했다. 그렇게 학부모 면담은 잘 끝났다. 아들 공식이의 태도도 달라졌다. 아버지가 자신의 편을 들어서 말해줄 것으로 예상했는데 오히려 선생님 편을 들면서 선생님을 공경해야 한다고 말했기 때문이다. 그다음부터 공식이가 선생님들에게 공손하게 행동했다는 소문을 들었다.

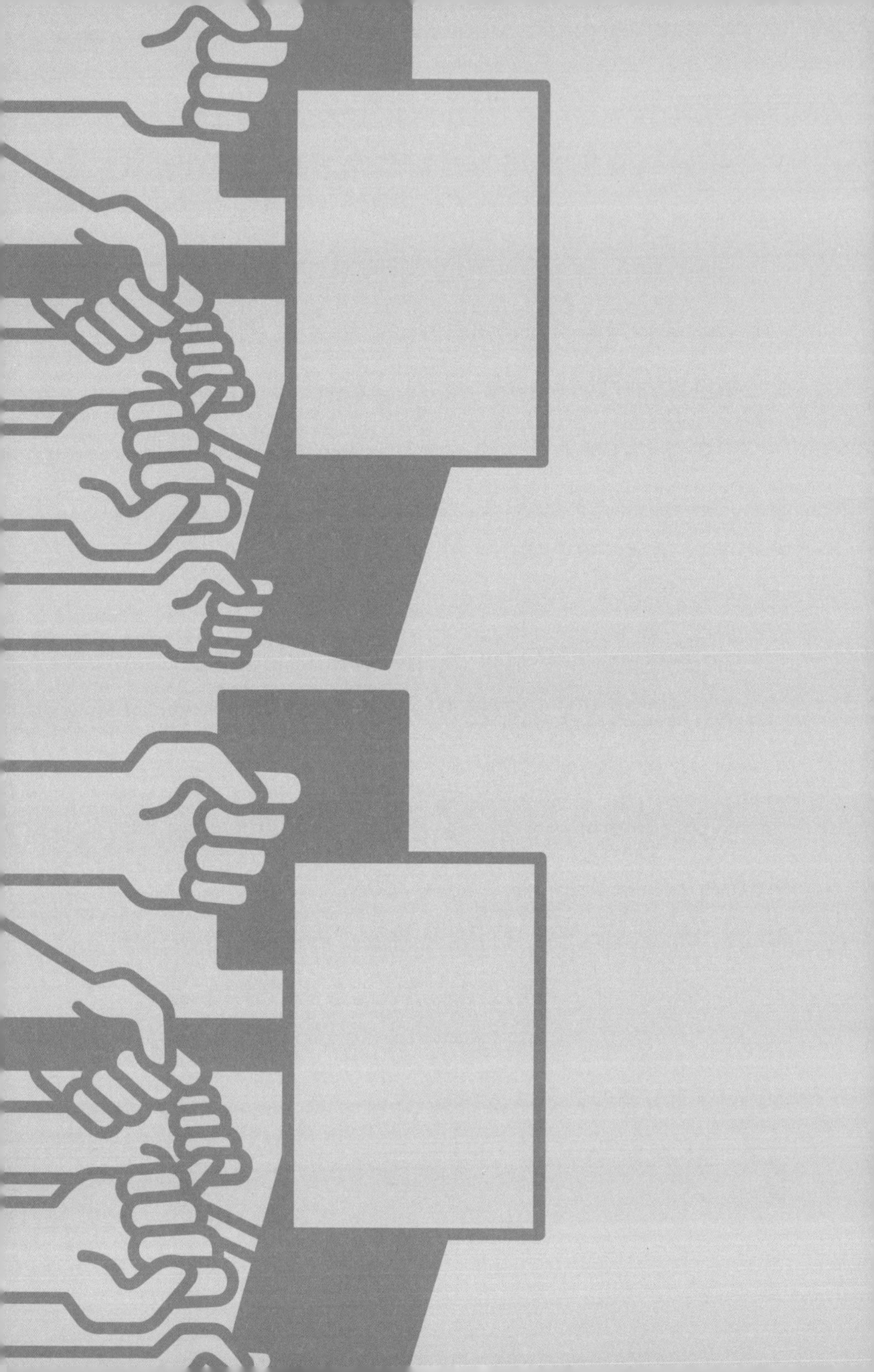

제4장

인 연

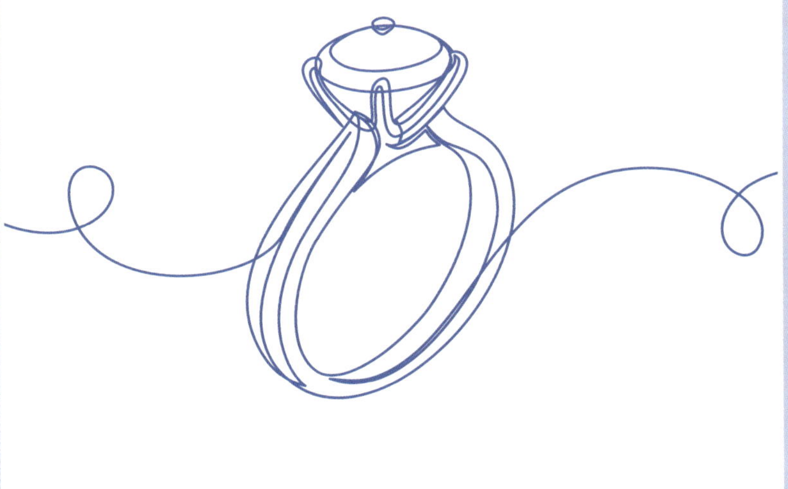

🍵 배우자를 만나다

긴 머리. 맨 먼저 나의 눈에 들어온 것은 그녀의 긴 머리였다.

나는 머리가 긴 여자가 좋았다. 늘 머리가 긴 여자를 만나면 좋겠다는 상상을 했다. 그런데 바로 지금 내 눈앞에 허리 아래까지 머리가 내려오는 검은색 긴 머리의 아름다운 여인이 앉아 있었다. 쉴 새 없이 가슴이 쿵쾅거렸다.

"너는 왜 그렇게 힘이 없어 보이냐?"

외사촌이면서 친구인 창근이와 저녁에 만나 술을 한잔 기울이고 있었다. 그러는 가운데 그가 내게 물었다. 나이가 같아서 우리는 친구로 지냈다. 그러면서 창근이가 내게 이렇게 덧붙여서 물었다.

"너 여자 친구가 없어서 그러냐? 내가 한 명 소개해 줄까?"

창근이는 이미 결혼해서 가정을 꾸리고 있었다. 요즘은 서른 살이 넘어야 결혼을 하지만 그 시절에는 20대 중반이면 결혼하는 남자들이 많았다. 그러니 결혼을 한 그가 보기에 혼자만 다니는 비쩍 마른 몸을 가진 내가 기운 없어 보였을 것이다.

1990년 봄. 그 당시 나는 지금은 KCC라고 불리는 주식회사 금강에 다니고 있었다. 20대의 팔팔한 나이에 여자 친구를 소개해 준다는 데 싫다고 할 남자는 없다. 나는 창근이의 말에 '좋다'고 대답했다.

사실, 그때까지 여자 친구가 없었다. 해양전문대학을 졸업하고 바로 외항선을 탔기 때문에 여자 친구는 고사하고 여자를 만날 기회도 없었다. 아니, 전혀 없었던 것은 아니다.

아버지가 "배를 타면은 여자를 만나기 힘들고, 결혼도 하기 힘드니 선을 보라"고 권유해서 두 번이나 선을 보기는 했다. 하지만 인연이라는 것이 억지로 되는 것은 아니라는 걸 이때 알았다. 두 번이나 선을 보기는 했지만, 인연으로 연결되지는 않았다.

대학을 졸업하고 몇 년간 외항선에서 근무했기 때문에 경제적으로는 어려움이 없었다. 20대 중반을 넘기는 나이에 나는 이미 집을 한 채 가지고 있었다. 부족한 것은 그 나이가 될 때까지 여자 친구가 없다는 것이었다. 아마도 그래서 내 어깨가 축 처져 보였을 수도 있다.

친구 창근이의 소개로 수원 남문의 한 커피숍에서 긴 머리의 여인을 만났다. 창근이와 같은 회사 삼성전기에 다니는 여사원이었다.

첫 만남에서 나는 이미 마음을 정했다. 이 여자와 사귀어야겠다고 결심했다. 허리 아래까지 내려오는 긴 머리를 한 이 여인은 내 마음을 사로잡았다. 창근이의 말에 의하면 마음씨도 무척 착하다고 했다.

여인은 자신의 작은 오빠도 선원으로 일한다고 했다. 그래서인지 나를 보는 눈빛이 무척 다정해 보였다. 선원인 오빠를 둔 여인과 외항선을 탄 경험이 있는 나는 대화가 잘 통했다. 첫 만남부터 우리는 자연스럽게 친해져 갔다. 첫 만남에서 나는 이 여인이 나의 인연이라고 믿었다.

1990년 그 당시에는 연애하는 청춘들이 서로 연락을 주고받는 것이 힘든 시기였다. 휴대폰이 없었기 때문이다. 먼 전라도 시골에서 올라온 여인 김산옥은 회사 기숙사에서 생활했다. 그 시절 지방에서 올라온 사람들은 대부분 회사 기숙사에서 생활했다. 기숙사 생활의 단점은 연락하기가 어렵다는 것이다. 기숙사에 전화해서 전화를 바꿔 달라고 해서 바꿔줘야만 겨우 통화가 이뤄졌다.

그런데, 인연이었는지 내가 전화하면 산옥 씨와 연결이 잘 됐다. 기숙사 동료들도 이상하다고 할 정도로 전화 연결이 잘됐다. 기숙사에 많은 전화기가 있는 것이 아니기에, 전화를 해도 연결이 안 되는 경우가 많았다. 그 시절 회사 기숙사는 모두가 그랬다. 수백 명의 회사원들이 생활하는 기숙사에 사감이 관리하는 전화는 몇 대 되지 않았다. 외부에서 전화가 오면 그것을 기숙사 사감이 받는다. 그리고는 내부 방송으로 누구누구 전화를 받으러 오라고 전달한다. 그런 과정을 거쳐서 전화가 연결되는 것이 그 시절의 통화방식이었다. 그렇기에 기숙사에 전화해서 통화로 연결되는 비율이 높지 않았다. 그런데 이상하게도 내가 산옥 씨와 통화하려고 전화하면 바로바로 그녀에게 전화가 연결됐다. 우리는 진한 인연으로 연결되었던 것이다.

우리는 자주 만났다. 내 나이 27세, 그녀 나이 23세. 한창 연애할 나이이고, 뜨거운 피가 온몸에 흐르는, 우리는 젊디젊은 청춘이었다.

☕ 천생연분

      수원시 한복판에 팔달산이라는 산이 있다. 우리는 만나면 그 산을 자주 올랐다. 지금도 조경이 잘 돼 있지만, 팔달산은 그 시절에도 조경이 잘된 산이었다. 높지 않아서 산이라기보다는 공원이라고 불리는 게 더 적합한 그런 산이다.

  누구나 가난했던 그 시절. 젊은 청춘남녀가 만나서 데이트를 할 수 있는 곳으로서 팔달산은 매우 적합했다. 산은 돈을 받지 않았다. 영화관에 가도 커피를 마셔도 모두 다 돈이 필요했지만, 팔달산에 오르는 데는 돈이 필요하지 않았다. 아직 선진국이 되지 않은 대한민국에서 청춘들의 데이트코스로서 팔달산은 매우 고마운 존재였다. 특히 나에게는, 우리 부부에게는 더욱 그렇다.

  수원 남문 방향에서 팔달산을 오르는 길은 계단으로 돼 있다. 그 계단 한쪽을 따라서 간단하게 점을 봐주는 사람들이 죽 늘어서 앉아 있었다. 그 사람들 앞에는 작은 책상이 있고, 그 책상 위에는 한문으로 적힌 책들이 놓여있었다.

비용이 많이 들지 않았기에 나와 산옥 씨는 재미 삼아서 점을 봤다. 우리가 인연이 있는지 어떤지 재미로 일종의 궁합을 본 것이었다. 처음 그곳에서 점을 봤을 때 점쟁이가 더 없는 천생연분이라고 말했다. 나이가 네 살 차이로 좋고, 내가 용띠고 산옥 씨가 원숭이띠인데 아주 궁합이 좋다는 것이었다. 점쟁이는 그러면서 "가장 좋은 인연을 만났으니 놓치면 후회하니까 빨리 결혼하라"고 강하게 말했다. 점쟁이의 그 말을 듣고 나는 더할 수 없는 기쁨을 느꼈다.

처음 점을 봤을 때의 느낌이 좋아서 우리는 팔달산에 오를 때면 가끔 점을 보곤 했다.

천생연분이 아니라고 해도 결혼할 생각이었는데, 천생연분이라고 하니 결혼하지 않을 이유가 없었다. 아니 반드시 결혼해야겠다고 나는 생각했다. 그런데 그 시기가 생각보다 일찍 찾아왔다. 가속 페달을 너무 세게 밟았나 보다. 첫째가 임신이 되면서 우리는 그해 가을에 결혼식을 올렸다.

☕ 영호남 지역감정의 벽을 허물다

외사촌이면서 내 친구인 창근이가 나에게 산옥 씨를 소개해 준 이유 가운데 하나가 그녀의 고향이었다. 창근이는 내게 "니네 집에 시집가면 잘 어울려서 살 것이다."라고 내게 말했는데, 그것은 사실이었다.

이제는 나의 배우자인 산옥 씨의 고향은 전남 영광이다. 당시 우리 본가는 대구에 살고 있었다. 우리 가족은 경상도를 벗어나 살아본 적이 없다. 어려서는 포항에서 생활했고, 내가 20대의 나이가 될 때 대구로 옮겨 살았다. 정치 성향으로 말하면 보수 중에도 보수, 보수의 핵심 지역에서 살았다.

21세기 들어서서 대한민국의 영호남 지역감정은 많이 사라졌다. 선거 때가 되면 서로 다른 투표 성향을 보이기는 하지만, 지역이 다르다고 해서 평상시에 서로 비방하거나 비난하지 않는다. 그러나 1990년대 그 시절은 달랐다.

경상도의 대표 정치인은 김영삼이 있었고, 전라도를 대표하는 정치인은 김대중이 있었다. 그리고 그동안 대한민국의 정권을 장악했던 것은 경상도 출신들이었다. 경상도에는 많은 공업 도시가 발전했고, 전라도 지역은 상대적으로 낙후됐다는 불만이 존재했다. 그래서 영남과 호남, 호남과 영남의 갈등은 '지역감정'이라고 불릴 정도로 매우 심각한 사회문제였다.

그런데 토박이 경상도 가정인 우리 집은 아들 세 명 가운데 이미 두 명이 모두 전라도 출신 여성과 결혼했다. 엄격한 경상도 집안에 전라도 출신 며느리가 들어 온 것이다. 그런데 그것이 마지막이 아니었다. 셋째 아들인 나 역시 전라도 출신의 여성을 사귀게 된 것이다.

세 명의 아들이 모두 전라도 출신 여인과 결혼할 상황을 맞이했지만, 우리 집에서는 아무도 반대하지 않았다. 내가 전남 영광 출신의 여자를 사귀고 그 여자와 결혼해야겠다고 말했을 때도 아무도 반대하지 않았다. 이미 두 명의 전라도 출신 며느리를 들인 경험 때문인 것 같기도 하고, 아버지가 그런 면에서는 개방적이었던 것 같기도 하다.

우리 집 첫째 며느리는 전북 순창, 둘째 며느리는 전북 진안, 그리고 막내 셋째 아들의 배우자는 전남 영광. 이렇게 우리 경상도 출신의 방씨 집안 세 아들은 모두 전라도 출신 여성과 결혼했다. 그리고 영호남 지역감정 해소에 크게 기여를 했다고 스스로 자부하고 있다.

내가 전라도 출신 여성과 사귀는 것에 대해, 그 여성과 결혼하는 것에 대해 우리 가족은 아무도 반대하지 않았다. 부정적인 의견을 표명하지도 않았다. 아버지도 어머니도, 형제들도.

하지만 처갓집의 반응은 달랐다. 내가 결혼하기 전까지 처갓집은 모두 전라도 사람들로만 채워져 있었다. 2남 4녀, 6남매의 집안이었는데. 사위와 며느리가 모두 전라도 사람들이었다. 유일하게 나만 경상도 사람이었다.

임신이 돼서 우리가 결혼해야 할 상황이 됐을 때, 처갓집 형제

중에 산옥 씨에게 이렇게 말하는 사람도 있었다. 물론 내가 없을 때 그렇게 말했는데, 우연히 내가 들었다. "왜 하필 대구 사람과 사귀냐."

그 시절은 그러던 시절이었다. 영호남의 갈등이 강하게 존재하던 시절이었다. 그런 당시 상황을 인정하기에 나는 그런 말에 크게 신경 쓰지 않았다. 산옥 씨와 나는 결혼했고, 아들을 두 명 낳아서 잘살고 있다. 지금은 처갓집에서 가장 사랑받는 사위가 바로 나 방운제다.

🐚 경제적으로 힘들던 시절

과속으로 결혼을 예상보다 빨리하게 되면서, 산옥 씨는 직장을 그만두었다. 그 시절에는 그랬다. 여성들이 결혼하면 직장을 그만두고 가사에 전념하던 시기였다. 맞벌이가 흔하지 않았다. 지금은 여성이 결혼을 해도 직장을 다니는 것이 상식이지만, 반대로 1990년대에는 여성들이 결혼하면 직장을 그만두는 것이 관례였다.

결혼하면서 나 혼자 돈을 벌어야 했지만, 우리 가족의 삶이 경제적으로 힘든 것은 아니었다. 내가 직장을 다니고 있었고, 20대의 젊은 나이에 외항선을 타면서 벌어놓은 돈이 있었다.

경제적으로 어려움을 겪은 것은 신혼 초가 아니라 결혼하고서 한참 지난 뒤다. 지금의 일진전기로 직장을 옮긴 후 우리는 2000년도에 안산으로 이사를 왔다. 우리는 일진전기 사택에서 살 수 있었다. 집이 당장 필요하지는 않았지만 그래도 장기적으로 집이 필요하기에 수원에서 분양하는 아파트를 신청했다.

2000년대 초 아파트 분양시장은 지금처럼 뜨겁지 않았다. 안산도 마찬가지여서 고잔신도시를 개발할 당시 아파트들이 분양이 잘 안됐다. 분양하려고 건설사들은 여러 가지 인센티브를 주고 했었다. 우리는 안산보다는 수원에 있는 아파트를 분양받는 것이 장기적으로 더 낫다고 판단해서 수원에 있는 아파트 분양권을 구매했다. 미분양된 상태의 아파트 분양권을 구매한 것이다.

분양 열기가 뜨겁지 않았기 때문에 당시에는 분양받은 아파트를 등기하지 않고서 팔 수가 있었다. 우리는 수원에서 분양받은 아파트의 입주 시기가 됐을 때 입주하지 않고 파는 것으로 결정했다. 회사 사택에서 살고 있는데 굳이 아파트를 갖고 있을 이유가 없었다. 당시로서는 그렇게 판단하는 것이 상식이었다. 분양받을 당시에는 아파트에 대한 열기가 뜨겁지 않았는데, 우리가 분양받고 난 후부터 아파트 가격이 꿈틀대기 시작했다. 덕분에 우리는 분양가보다 더 높은 가격에 아파트를 되팔 수 있었다. 결론적으로는 그 아파트를 판 것이 잘못된 결정이었다.

그 당시에 그 집을 판 돈으로 안산에 아파트를 한 채 샀으면 지금쯤 가격이 많이 올랐을 것이다. 그리고 만약, 그렇게 했으면 경제적으로 훨씬 여유 있게 내가 살고 있을 것이다.

하지만 그렇게 하지 않았다. 나는 집을 판 돈을 은행에 넣어두었다. 그것이 문제였다.

현금을 가지고 있으면 쓰고자 하는 욕망이 생긴다. 지갑에 돈이 두둑이 들어있어 본 사람은 안다. 친구를 불러내서 술을 한잔하려고 하거나, 새로운 물건을 사고 싶은 생각이 든다. 또는 돈이 될 만한 곳에 투자하고 싶은 충동도 생긴다.

나는 친구들을 불러서 멋지게 술을 한잔 사줬다. 그리고 그다음으로 타고 다니는 승용차를 교체했다. 남자들이 대개 그렇다. 돈이 조금 생기면 친구들과 술 한잔하고, 더 큰 돈이 생기면 가장 먼저 하고 싶은 것이 좋은 차를 사는 것이다. 나는 소형차 엑센트를 팔고, 당시 가장 인기 있었던 EF쏘나타로 나의 애마를 교체했다. 당시 쏘나타의 가격이 1,500만 원 선이었다.

여기까지는 괜찮았다. 돈이 생기면 남자들이 하는 일상적인 행동이었다. 나의 행동은 그다음이 문제였다.

술을 마시고 차를 새것으로 교체하고도 나에게는 거액의 돈이 있었다. 나는 돈이 될 만한 곳에 투자했다. 나는 투자라고 하지만 집사람(산옥) 측면에서 보면 일을 저지른 것이다.

주식에 손을 댔다. 한 번도 해본 적이 없기에 주식으로 돈을 벌 리 없었다. 2000년대 초반에 주식으로 수천만 원을 손해 봤다.

나는 성격이 직선적이다. 돌려 말하지 못하고, 말하고 싶은 것을 참지 못한다. 그래서 거짓말도 못 한다. 주식으로 수천만 원을 날린 것을 집사람에게 숨기지 못했다.

집사람은 주식으로 거액을 손해 봤다는 나의 말을 듣고서 어이없는 표정을 지었다. 하지만 평소 남편을 존경하는 성품 탓에 큰소리로 화를 내지는 않았다. 그러면서 차분하게 말했다.

"어떻게 얼마를 손해 본 건지 정확하게 말해요. 그래야 어떻게든 대책을 세우지."

나는 있는 그대로 이실직고했다. 그러면서 말로는 표현하지 않았지만, 마음속으로 선처를 빌었다.

다행인 것은 빚을 내서 주식에 투자한 것은 아니었다는 것이다. 내가 가진 돈으로 투자했다가 손해를 보았기에 우리가 갚아야 할 빚이 새로 생겨난 것은 아니었다. 물론 집을 새로 장만해야 하는 상황이 생기면 그때는 대출을 받아야 했지만, 당장은 살아가는 데 큰 지장이 없었다. 경제적으로 진짜 힘든 상황은 그다음에 찾아왔다.

회사와 해고 투쟁을 벌이기 시작하면서 회사가 나에게 압력을 가해왔다. 월급을 50%만 지급하기 시작한 것이다. 그것이 끝이 아니었다. 회사 소유의 사택에서 퇴거하라고 통보했다. 다른 직원들은 먼저 퇴거했지만 나는 나가지 않고 버텼다. 하지만 무한

정 버틸 수는 없었다.

사택을 비우고 나와서 우리 집은 일동의 다가구 주택으로 옮겼다. 반지하 월세방으로 옮긴 것이다. 가지고 있던 돈을 다 써버리고, 월급은 50%밖에 지급되지 않는 상황에서 우리 가족은 경제적으로 심한 어려움을 겪을 수밖에 없었다.

우리 가족이 경제적으로 어려움을 겪을 때 집사람이 해결사가 됐다. 지금도 그 시절을 생각하면 집사람에게 큰 고마움을 느낀다.

⚜ 쉬지 않는 산옥 씨

집사람은 쉬지를 않는다. 그냥 놀고 있는 것을 본 적이 없다. 결혼하면서 직장을 그만두고 집안 살림을 하던 집사람은 아이 둘을 낳고 나서 다시 일을 하기 시작했다. 성포동 홈플러스에 취업한 것이다. 워낙 성실하게 일을 하기에 직장에서는 늘 좋은 평가를 받아왔다.

그러나 아무리 열심히 일을 해도 직장이 문을 닫으면 실업자가 될 수밖에 없다. 성포동 홈플러스가 사모펀드 업체에 넘어가고 난 후 문을 닫게 됐다. 홈플러스는 희망퇴직을 받았는데, 집사람은 일을 더할 욕심으로 고잔동 홈플러스로 이직해서 일을 계속했다. 하지만 인터넷쇼핑이 대세가 되는 시대에 대형마트는 어려움을 겪을 수밖에 없다. 고잔동 홈플러스도 폐업하는 방향으로 결정되면서 어쩔 수 없이 집사람은 홈플러스에서 퇴사할 수밖에 없었다. 어느새 집사람의 나이가 50대 중반으로 들어서던 시기였다.

이제 쉴 만도 하지만 집사람은 그렇게 하지 않았다. 새로 취업하겠다면서 간호조무사 공부를 했다. 집사람이 공부하는 모습을 보면서 나는 매우 놀랐다. 집중력이 대단했다. 50대의 나이라고는 생각할 수 없을 정도로 집사람은 열심히 공부했다.

'시골에서 태어나지 않고, 도시에서 태어났으면. 부모가 조금만 뒷바라지를 해줬으면 서울대에 입학했겠다.'

나는 집사람이 공부하는 모습을 보면서 그렇게 생각했다. 집사람은 어렵지 않게(내가 볼 때는) 간호조무사 자격증을 획득했다. 그리고 바로 병원에 취직해서 50대 중반을 넘긴 나이에 3년째 지금도 다니고 있다.

간호조무사 자격증만이 아니다. 아내는 운전하지 않았다. 운전면허증도 없었다. 그런데 간호조무사로 취업을 한 후 병원에 출퇴근하는데 차가 필요했다. 그러자 운전면허증도 획득했다. 운전면허 공부를 하더니 2주 만에 운전면허증을 획득했다. 50을 넘긴 나이에 처음 운전하는 것이다. 집사람은 무언가를 해야겠다고 마음먹으면 못 하는 것이 없다. 원더우먼이다.

주식을 해서 거금을 날리고, 해고 투쟁하느라 몇 년간 월급을 50%밖에 받지 못하고, 사람들을 좋아해서 직장동료들과 술 마시느라 생활비를 조금밖에 못 주고, 한때 정치하겠다고 돈 갖다가 쓰고….

내가 그렇게 생활함에도 불구하고 우리집이 파산하지 않고 유지되는 것은 생활력이 강한 나의 아내 산옥 씨 덕분이다.

나는 가만히 생각해 본다. 내가 내 인생에서 가장 잘한 것은 무엇일까? 노동운동을 한 것? 한국노총 안산지역지부 의장에 당선된 것? 대학원을 졸업한 것?

아니다. 방운제의 인생에서 가장 잘한 것은 나의 아내 김산옥과 결혼한 것이다.

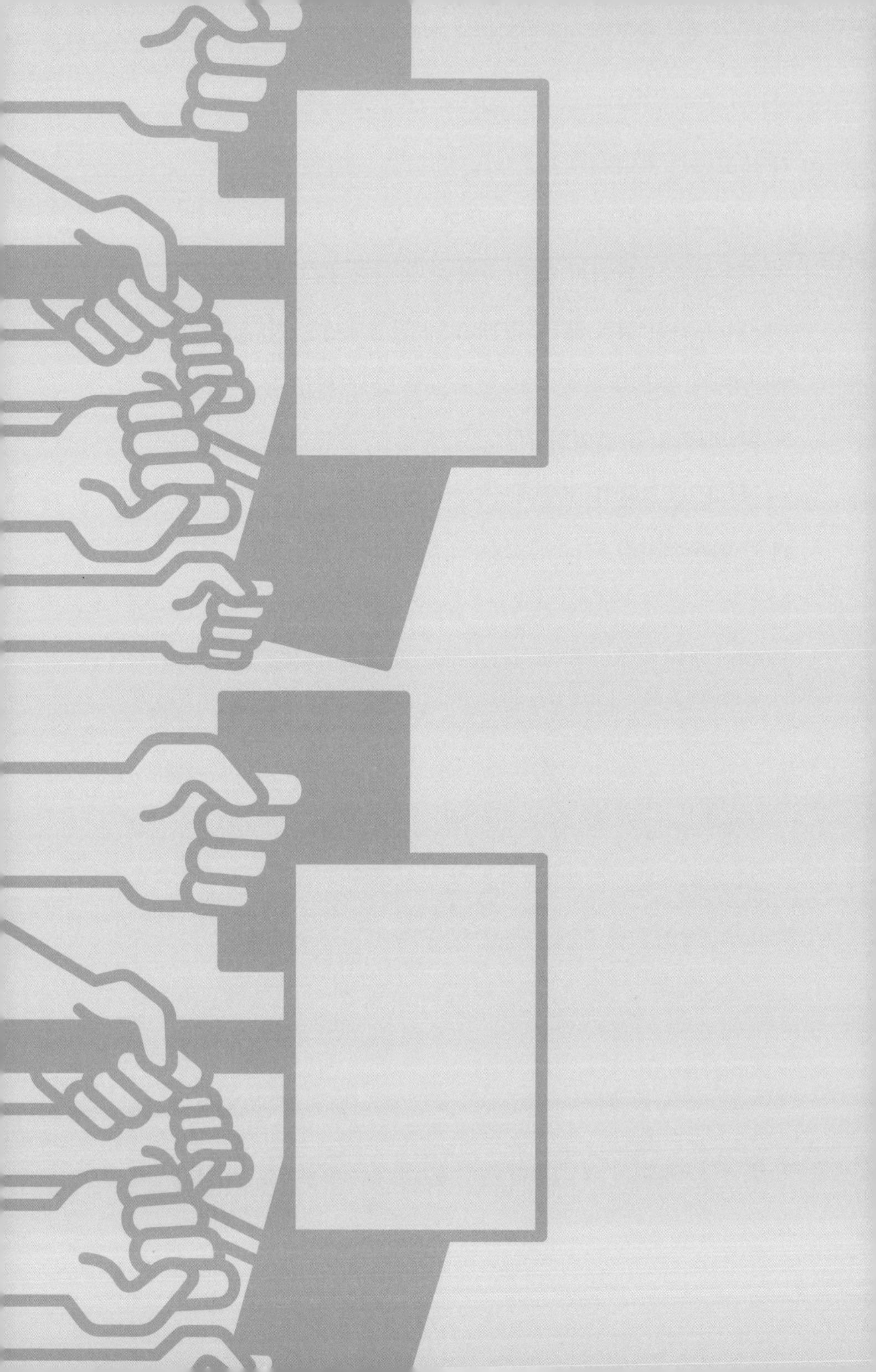

제5장

개 혁

🔧 빌라를 개혁하다

　　행동은 그 사람의 삶을 결정한다. 행동하는 사람이 있고, 행동하지 않는 사람이 있다.

　생각이 있으면 그것을 실천하는 사람이 있고, 생각은 있는데 그것을 실천하지 않는 사람이 있다. 어떤 사람들은 생각조차 없다.

　나는 생각을 행동으로 옮기는 사람이다. 왜 그렇게 됐는지는 알 수 없다. 그저 태어날 때부터 그랬다. 내 부모님의 유전자에 그리고 부모님으로부터 물려받은 나의 유전자에 그런 성격이 새겨져 있을 뿐이라고 생각한다.

　내 가족은 2019년 작은 빌라로 이사했다. 이사를 한 이유는 단순하다. 상대적으로 비싼 아파트에 살 형편이 되지 않았기 때문이다. 대출을 받으면 아파트를 구매할 수 있었다. 하지만 빚 없이 살아보자는 나의 의견에 집사람이 동의해서 우리 가족은 월피동의 작은 빌라로 이사했다.

　빌라는 반지하를 포함해 총 5층으로 건축된 건물이다. 우리는 그 가운데 가장 높은 층인 5층으로 이사했다. 실제로는 5층이지만 반지하를 지하층으로 표기하기 때문에 우리 집은 401호라고 표기했다. 이 빌라에는 우리 집을 포함해 모두 열 가구가 거주하고 있다. 요즘 건립되는 빌라는 필로티 방식으로 건축해서 1층을 주차장으로 사용한다. 그런데 우리 빌라는 반지하가 있는 건물이어서 주차장이 건물 앞에 별도로 마련돼 있다. 필로티 건물에 비해 더 많은 부지를 확보한 장점이 있는 빌라다.

아파트에는 관리사무소가 있다. 관리사무소가 청소, 소독, 방범, 주차 관리 등 아파트 입주민들의 삶에 필요한 여러 가지 생활 환경을 관리해 준다. 관리비가 부담되기도 하지만 아파트의 삶이 편한 이유는 관리사무소가 있기 때문이다.

빌라는 관리사무소가 없다. 관리사무소를 둘 형편이 되지 않아서 그렇다. 내가 이사한 월피동의 빌라 건물에는 열 가구가 살고 있다. 대부분의 빌라가 그렇듯이 빌라 건물은 관리가 잘 되지 않는다. 건물을 청결하게 관리하기 위해 누군가 앞장서지 않기 때문이다.

빌라로 이사를 한 후 나는 가장 먼저 빌라 입주 가구들이 모두 참여하는 카카오톡 단체 대화방을 만들었다. 대화방을 만드는 일부터 쉽지 않았다. 각 가구구성원 가운데 누군가의 휴대폰 전화번호가 필요했기 때문이다. 나는 빌라 주차장에 주차되어 있는 차량의 앞

유리창에 붙어 있는 휴대폰 전화번호로 일일이 전화를 걸었다.

"누구세요?"

저장되지 않은 전화번호로 걸려 온 전화에 입주민들은 경계심부터 나타냈다. 당연한 반응이었다. 나 역시 모르는 전화번호로 연락이 오면 '보이스 피싱은 아닐까?'하는 경계심을 갖는다.

나는 전화를 받은 입주민에게 새로 몇 호에 이사 온 사람이라고 소개한 후에 단체 대화방이 필요하다는 생각에서 전화를 걸었다고 친절하게 설명했다.

나의 설명을 들은 입주민들은 대부분 단체대화방이 필요하다는 생각에 동의했다. 그리고 어렵사리 우리 빌라의 단체 대화방이 마련됐다.

가장 먼저 추진한 것은 주차장 관리였다. 우리 빌라에는 열 가구가 살고 있었다. 그런데 주차 공간은 일곱 대만 가능했다. 열 가구가 차량을 한 대씩만 소유하고 있어도 주차장이 부족한 형편이었다. 그런데 문제는 한 집에 두 대의 차량을 소유한 집도 있다는 것이다. 우리 집도 두 대의 차량을 소유하고 있다.

일찍 퇴근하는 가구는 빌라 주차장에 차량을 주차했다. 그리고 늦게 퇴근하는 가구는 인근 도로변에 주차해야 했다. 먼저 퇴근한 사람이 빌라 주차장을 먼저 사용하는 것은 굳이 선착순 원리를 적용하지 않아도 이해되는 상식이다. 하지만 한집이 두 대의 차량을 빌라 주차장에 주차하는 것은 공평해 보이지 않았다. 직업의 성격상 어떤 사람은 일찍 퇴근하고 어떤 사람은 늦게 퇴근하는 것이다.

직업의 성격상 그런 것이지 그 사람이 늦게 퇴근하고 싶어서 그렇게 하는 것이 아니다. 그렇기에 늦게 퇴근한다는 이유로 빌라 주차장을 이용하지 못한다는 것은 합리적이지 않다는 생각이 들었다. 빌라 주차장을 공평하게 사용하려면 한 가구당 한 대만 주차하도록 해야 한다고 생각했다. 먼저 퇴근한 사람이 좋

은 자리에 주차할 수는 있지만 한 가구당 한 대씩만 빌라 주차
장에 주차하도록 하는 것이다. 그래야 늦게 퇴근한 가구의 구성
원도 빌라 주차장에 주차할 수 있게 되고, 그것이 공평하다고
생각했다.

이런 내 생각을 카톡 대화방에 공개했다. 그러면서 내 생각을
쉴 새 없이 설명했다. 사진을 찍어서 올리고, 내 생각을 덧붙여
설명하고, 이렇게 오랜 시간 공을 들였더니 입주민들이 내 생각
에 동의해 줬다.

나는 입주 차량 앞 유리에 부착할 스티커를 직접 구매해 입주
민들에게 나누어주었다. 나의 사비로 마련한 것이다. 이제부터
는 한 가구에 차 한 대만 빌라에 주차할 수 있게 됐다. 차량에 부
착하는 스티커를 제작해서 나누어주니 예상하지 못했던 또 다른
이익이 있었다. 우리 빌라가 아닌 인근 빌라에 거주하는 사람들
이 우리 빌라 주차장에 무단으로 주차할 수 없게 된 것이다. 스티
커가 없을 때는 주차된 차량이 우리 입주민 차량인지 다른 빌라
주민의 차량인지 알 수 없었다. 그런데 스티커를 부착하고 나니
분명하게 구별할 수 있었고, 다른 빌라 주민들의 무단주차가 방
지됐다.

시내 많은 빌라 입주민이 주차 문제로 많은 고민을 안고 있다.

이웃 간에 불화도 안고 있다. 누군가 나서서 그 문제를 해결하려

하지 않기 때문이다. 우리 빌라는 주차 문제가 완전히 사라졌다.

주차 문제로 입주민 간에 갈등하거나 싸우는 일이 없다.

🔧 청소비를 연납으로

　빌라로 이사하고 나서 두 번째로 해결한 일은 계단 청소 문제다. 내가 이사 와서 단체 대화방을 만들고 주차 문제를 해결하고 나자, 계단 청소를 주도하던 입주민이 자신의 어려움을 호소했다. 청소비용을 수금하는 것이 어렵다는 것이었다.

　매월 집집마다 청소비용을 수금하는데 어떤 집은 낮에 집안에 사람이 없어서 수금하기가 어렵다는 것이다. 계단 청소도 주도해야 하고 수금도 해야 하는데, 수금하는 것이 어려워서 계단 청소 담당을 그만두어야겠다고 맡아왔던 입주민이 하소연했다. 급기야 이 입주민은 더 이상 청소 담당을 하지 않겠다고 선언했다.

　상황이 이렇게 되자 입주민들이 내가 나서서 해결해 주기를 바랐다. 하지만 나는 이번에는 나서고 싶지 않았다. 회사 일도 바쁘고, 한국노총 안산지역지부 의장으로서 해야 할 일도 많았다. 단체 대화방을 만들고 주차 문제를 해결했으니, 이제는 누군가 다른 입주민이 앞장서서 우리 빌라의 문제들을 해결해 주기를 바랐다.

하지만 입주민들은 그동안 살아왔던 방식대로 사는 데 익숙해 있었다. 누구도 먼저 나서려 하지 않았다. 내가 해결해 주기를 바랐다. 어쩔 수 없이 내가 나서지 않을 수 없었다.

나는 매월 납부하는 청소비를 연납으로 바꿀 것을 제안했다. 청소 담당하는 사람이 매월 청소비를 수금하는 것이 어려우니 그것을 연납으로 하면 어려움이 크게 덜어지리라 생각했기 때문이다. 납부하는 입주민으로서도 그것이 더 편리할 수 있었다. 우리 빌라의 계단 청소비용은 연납으로 해도 가구당 10만 원을 넘지 않았기 때문에 부담이 되는 금액도 아니었다.

나는 단체 대화방에 연납이 필요한 이유를 설명하고 나의 통장 계좌를 공지했다. 입주민들의 반응은 좋았다. 빠른 시일 안에 입주민 모두가 연간 청소비용을 내 계좌로 입금했다. 이제 청소비를 수금하는 문제가 해결됐다.

다만, 청소비는 매월 지급했다. 입주민들에게는 연납으로 수금했지만, 그것을 한꺼번에 청소하는 업자에게 지급하는 것은 적절하지 않다고 판단했다. 매월 월 급여식으로 지급하는 것이 낫다고 생각해서 청소비를 매월 지급했다. 이런 모든 내용은 단체 대화방에 공지했다. 그리고 입주민들의 전적인 신뢰를 받았다.

🔧 큰 리더십을 가능하게 하는 작은 리더십

행동하는 사람의 눈에는 무언가 해야 할 일들이 눈에 띈다. 내가 빌라로 이사 오고 나서 빌라 건물 옥상에 올라가 보니 옥상 바닥에 칠해진 페인트가 여기저기 벗겨진 것이 눈에 띄었다. 옥상 페인트는 방수페인트이기 때문에 페인트가 벗겨졌다는 것은 누수의 위험이 있다는 신호였다. 옥상의 방수공사를 해야 하는 일은 시급한 과제였다.

주차 문제와 계단 청소 문제를 해결하고 난 후 입주민들의 나에 대한 신뢰는 커져 있었다. 그렇기에 옥상방수공사를 해야 한다는 나의 의견은 쉽게 입주민들의 동의를 받았다. 각 가구가 일정 금액을 부담해서 옥상의 방수공사를 해냈다.

선한 행동은 전파된다. 지금 우리 빌라 단체 대화방의 방장은 내가 아니다. 2년 넘게 그 역할을 했던 나는 이제 내 역할을 다른 입주민에게 넘겨주었다. 내가 기틀을 잡아놓아서 다른 입주민이 쉽게 그 역할을 해 나가리라 생각했기 때문이다. 실제로 다른 입주민이 방장을 맡아서 우리 빌라의 여러 사안에 대해 논의하고 대책을 마련한다. 이에 우리 빌라는 단체 대화방을 통해서 공동의 논의 사항을 공지하고 서로 의견을 조율해서 문제를 해결하는 시스템이 자리 잡았다.

작은 일을 맡겨보면 그 사람이 큰일을 할 수 있는지를 가늠할 수 있다. 작은 일을 완벽하게 처리하는 사람은 큰일을 맡아서도 일 처리를 완벽하게 할 것이라고 기대할 수 있다. 반대로 작은 일도 제대로 처리하지 못하는 사람에게 큰일을 잘 처리할 것이라고 기대하기는 어렵다. 누구도 작은 일 하나 제대로 처리하지 못하는 사람에게 큰일을 맡기려 하지는 않는다.

우리 빌라가 현재 살기 좋은 빌라로 자리 잡은 것에는 나의 역할이 적지 않다고 자부한다. 내가 이사한 후에 처음으로 단체 대화방을 만들었고, 그 대화방을 통해서 입주민들의 의견을 모으고, 서로의 생각을 공유하게 됐다. 민주적인 방식을 통해서 주차 문제를 해결했고, 계단 청소 문제, 옥상 방수공사도 원만하게 해낼 수 있었다.

열 가구가 사는 우리 빌라를 만드는데 보인 나의 리더십이 더 큰 조직 더 큰 단체를 이끄는 데에도 능력을 발휘하리라 기대한다. 그리고 한편으로 용기를 갖게 한다.

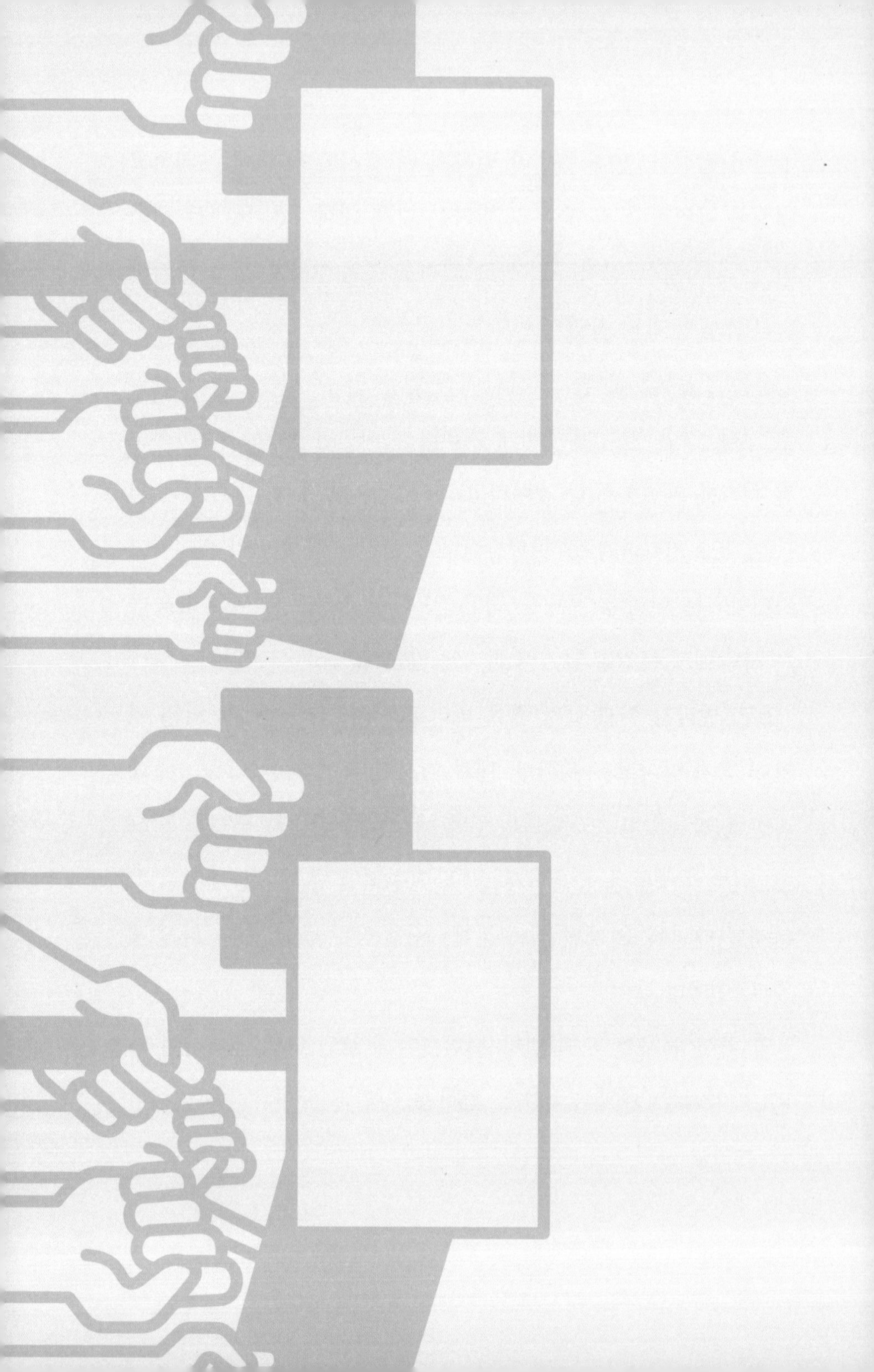

시 작

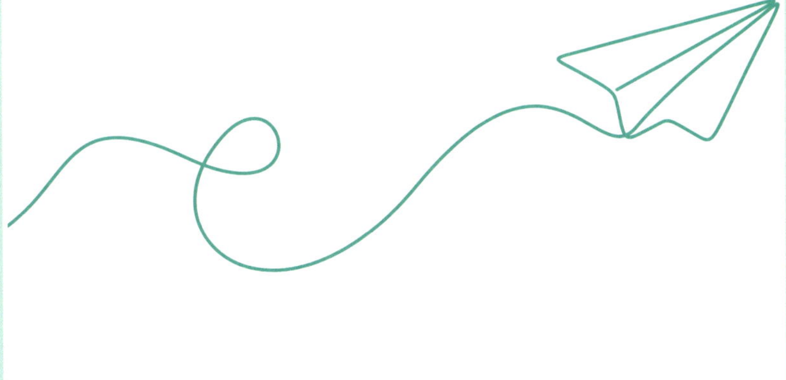

🏁 노동운동 시작의 불씨

　　1991년도 하반기에 대한전선에 입사했다. 대한전선은 당시에도 현장 노조원만 1,500명이나 되는 큰 회사였다. 이 회사에 입사할 때는 노동운동을 할 것이라고 생각조차 하지 못했다. 나는 몇 년간 외항선을 타고서 이제 육지에 착륙해서 직장 생활을 한 지 1년여밖에 되지 않은 시기였다. 노동운동이 무엇인지도 잘 몰랐고, 노동운동을 해야겠다는 생각을 해보지도 않았다. 다만, 전 직장인 ㈜금강이 노조가 강한 회사였기에 노동운동에 대해서 대충 알고 있는 정도였다.

　　하지만 대한전선에서 직장생활을 하면서 이곳의 노동조합의 운영이 뭔가 잘못돼 있다는 것을 알게 됐다. 노동조합 활동을 적극적으로 할 생각은 없었지만, 뭔가 잘못됐다는 것을 알게 되자 그것을 개선해야 한다는 생각이 나의 머릿속에 들어앉았다.

　　이 회사는 노조위원장을 대의원이 선출하는 간선제를 채택하고 있었다. 그런데 대의원을 선출하는 과정에 회사가 개입하고 있

었다. 대의원 선거가 회사의 입김에 의해 좌우되기 때문에 대의
원들도 그렇고 노조위원장도 그렇고 노동자를 대변하는 역할을
하지 못했다. 그들이 회사를 대변하는 역할을 하고 있었다. 아직
노동운동이 제자리를 잡지 못하고 있던 시절이었다.

그 시절에 안양에 전노협이라는 단체의 하부조직이 생겨났다.
전노협은 노동자들에게 노동운동에 대해 교육을 했다. 안양 시
내 허름한 건물의 지하에서 그런 교육을 했는데, 나는 전노협이
하는 교육을 받았다. 노동운동이 무엇인지 어떻게 해야 하는지
를 제대로 알아야겠다는 생각 때문이었다.

전노협을 통해 민주노조 교육을 받은 나의 시각으로 볼 때 당
시 대한전선의 노조 운영은 정상적이지 않았다. 그래서 나는 내
가 직접 대의원이 되어야겠다고 생각하고 대의원 선거에 입후보
했다. 내가 대의원 선거에 출마하자 여기저기서 출마를 방해하기
시작했다. 회사 관계자가 전화를 걸어와서는 출마하지 말라고 대
놓고 종용했다.

"너 출마해도 당선 안 돼. 일 잘하는데 일하는 것이나 신경 쓰
지 뭐 하러 출마하려고 해. 출마하지 마."

회사 관리자들이 시도 때도 없이 전화를 걸어 출마하지 말라
고 했다. 회사 관리자들의 회유를 이기지 못하고 여러 명의 대의

원 출마자들이 출마를 포기했다. 그러나 나는 포기하지 않았다.

"나는 떨어져도 출마하겠다. 나를 추천해 준 사람들에게 미안해서라도 포기하지 못한다."라면서 포기할 수 없다고 주장했다. 그리고 선거가 진행됐다.

우리 부서 대의원 선거에는 4명이 출마했다. 그 가운데 2명이 대의원으로 선출되는 것이었다. 나는 두 번째로 많은 표를 얻었다. 하지만 당선되지는 못했다. 단독 2위가 아니라 2명이 공동 2위였다. 그런데 당시 회사 노동조합 규약에 득표가 같을 때는 입사 연수가 빠르거나 나이가 많은 사람을 당선자로 한다고 규정돼 있었다. 나는 입사 연수도 늦었고, 나이도 젊었다. 그래서 결과적으로 낙선하고 말았다.

대의원 선거에서의 낙선은 나에게 많은 생각하게 했다. 그동안 나는 실패라는 것을 모르고 살았다. 학교에 입학하려고 재수한 적도 없고, 내가 하고자 하는 일을 마무리하지 못한 것이 없었다. 뭔가 잘못됐다고 생각하는 것이 있으면 반드시 그것을 고쳐내고야 말았다. 그런데 노동조합 대의원 선거에서 탈락한 것이다. 그리고 그 과정에 회사의 개입이 있었다. 그건 분명 잘못된 것이었다. 나는 이런 회사를 계속해서 다녀야 할 필요가 있을까? 심각하게 고민했다.

내가 그런 고민을 하고 있을 때, 일진전기라는 회사가 사원을 모집한다는 소식이 들렸다. 내가 근무하고 있는 이 회사와 똑같은 생산라인을 신설하면서 직원을 뽑는다는 것이었다. 새로 신생 라인을 설치하려다 보니 일진전기는 경력 있는 직원이 필요했다. 나와 같은 경력이 있는 직원들은 좋은 조건으로 데려가기도 했다.

나에게도 일진전기로부터 이직을 권유하는 전화가 왔다. 일진의 전화를 받고 나는 오래 고민하지 않았다. 대한전선을 떠나고자 하는 마음이 있던 순간이었다. 그리고 일진의 조건이 좋았다. 35세의 나이에 반장이라는 직책과 더 높은 임금을 받는 조건으로 일진전기에 이직했다. 당시 반장은 50대의 경력이 오래된 직원들이 맡는 것이었다. 나는 파격적인 조건으로 일진에 이적한 것이다.

🏁 노조위원장 사표를 받다

일진전기로 이직한 나는 일을 열심히 했다. 원래 일을 맡으면 열심히 하는 성격인 데다가 좋은 조건을 받고 새로 입사했기 때문에 열심히 해야 한다고 스스로 생각하고 있었다.

새로 전선 생산라인을 설치한 일진전기는 할 일이 많았다. 새로 설치한 장비들을 현장에 맞게 길을 들여야 했다. 외국에서 들여온 기계들은 있는 그대로 사용하는 것이 아니다. 우리 실정에 맞게 우리가 필요한 방식으로 손을 봐야 한다. 그런 작업을 내가 했다. 대한전선에서의 7년의 경험과 화물선을 타면서 기계를 다뤄본 경력이 있었기에 내가 그런 일을 할 수 있었다. 일에 파묻혀 지내다 보니 일진전기에서 시간은 금방 지나갔다.

일진전기로 이직한 지 6년이 지날 무렵 나에게 노조위원장으로 출마하라는 권유가 들어오기 시작했다. 일진전기도 대한전선과 마찬가지로 노조위원장을 대의원이 선출하는 간선제였다. 간선제 노조위원장은 회사의 영향력에서 완전히 벗어날 수가 없다. 그래서 간선제로 선출된 노조위원장은 회사와의 협상력이 약하다. 조합원들에게 그런 불만이 있었던 것이다.

당시 일진전기의 경영이 어려웠다. 새로 투자한 공장은 잘 운영되지 않았다. 이미 한국 시장을 장악하고 있는 대한전선, 엘지전선과 경쟁하려니 제대로 마진을 남기지 못하고 전선을 생산해서 판매했다. 이런저런 이유로 일진전기의 경영이 악화되자 회사는 직원들의 처우를 개선해 주지 못하고 있었다. 월급이 오르지 않았다.

월급은 안 오르고 복지는 향상되지 않고 현장에서 일하는 조합원들의 불만이 쌓여갔지만, 노조위원장은 회사를 상대로 제대로 싸우지도 못했다. 조합원들의 불만이 폭발할 것처럼 팽배해져 가고 있었다.

상황이 이렇게 되자 대의원들이 나를 찾아왔다.

"지금 회사를 상대로 싸울 사람은 방 반장님밖에 없습니다."

대의원들은 "노조위원장을 대의원이 선출하는 방식에서 조합원들이 직접 선출하는 직선제로 바꾸어야 한다."라면서 나에게 앞장서 달라고 요구했다.

나는 뜻이 있는 대의원 여러 명을 휴일에 따로 만났다. 그들에게 직선제를 하는 방법을 알려주면서 "내가 나서고 싶지만 나는 대의원도 아니고, 현장 중간 관리자이기 때문에 나설 수가 없다. 그런데 중요한 것은 똘똘 뭉쳐야 한다는 것이다."

이렇게 조언을 해줬다. 그래서 대의원들은 그 직후 노조위원장 선출 방식을 간선제에서 직선제로 변경했다. 노조 규약을 개정한 것이다.

그런데 문제가 발생했다. 대의원들이 위원장 선출 방식을 개정했지만, 노조위원장이 공표를 거부했다. 그 당시 조합원들이나 대의원들은 이런 절차에 대해서 잘 알지 못했다. 내가 확인해 보니 공표도 하지 않았고 회사에 통보도 하지 않았다. 안산시청에도 신고하지 않았다. 그런 절차를 거쳐야 하는 것이다. 그럼에도 노조위원장은 시청에 신고했다고 거짓말을 했다.

나는 대의원 몇 명에게 직접 시청에 가서 확인하고 오라고 지시했다. 내가 확인한 그대로였다. 시청에 신고하지 않은 것이 확인됐다.

이제는 나서지 않을 수 없었다. 나는 대의원들을 불러 모아서 노조위원장을 찾아갔다. 그리고 그 자리에서 위원장직에서 사퇴하라고 압박했다. 사퇴하지 않으면 전체 조합원들의 동의를 받아 오겠다고 했다. 노조 간부들도 내 의견에 모두 동의하고 있었다.

내가 계속해서 지금 당장 사퇴하라고 하자 위원장은 더 이상 버티지 못했다. 그 자리에서 사퇴 의사를 표명했고, 나는 여직원을 시켜서 내용을 타이핑하라고 했다. 위원장이 사퇴서를 작성하자 나는 조합 간부들도 모두 사퇴해야 한다고 알려줬다. 그렇게 간선제로 선출된 노조위원장과 간부들이 모두 사퇴했다.

노조위원장의 갑작스러운 사퇴는 일진전기 회사 측에는 충격이었다. 사장이 직접 관리자들과 현장 팀장급 이상 직원들을 모두 소집했다. 노조위원장 사퇴 과정에 어떤 문제가 있었는지를 들어보겠다는 것이었다. 그러면서 관리 직원들이 이것저것 질문을 했다.

이건 뭔가 문제가 있는 것이었다. 나는 가만히 있을 수가 없었다. 다른 직원들은 아무도 그런 회사의 행위에 대해 문제를 제기하지 않았다. 나는 손을 들고서 할 말이 있다고 했다.

"사장님, 왜 사장님이 조합 일에 관여하십니까?"

내가 묻자, 사장은 관여하려는 것이 아니라고 말했다.

"노동조합 활동에 관여하려는 것이 아니다. 갑작스럽게 노조위원장이 사퇴하는 상황이 발생했다기에 무슨 불법적인 일이 있었던 것은 아닌가 알아보려는 것이다."라고 말했다.

사장의 답변을 듣고 나는 이어서 말했다.

"아무 일 없습니다. 노조위원장이 노조원들의 불신임을 받고 있었는데, 스스로 사퇴를 한 것입니다."

그러자 내 말이 끝나기를 기다렸다는 듯이 사장이 말했다.

"방 반장이 위원장 하려고?"

"아니요. 제가 위원장을 하려고 하는 것이 아니라 위원장에 대한 조합원들의 불신이 큽니다. 위원장에 대한 불만이 많아서 이것이 생산에 악영향을 줄 수도 있습니다. 위원장에 대한 불만이 회사에 대한 불만으로 이어질 수도 있습니다."

나는 또박또박 말했다. 사장 앞에서라고 말을 못 할 방운제가 아니다.

내 말을 들은 사장은 다른 사람들의 말을 들어보겠다면서 다른 직원들을 지목해서 의견을 들었다. 다른 직원들도 다 위원장에 대해 나쁘게 말했다.

나의 얘기와 다른 직원들의 이야기를 모두 들은 사장은 "반월 공장 사정이 좋지 않은데 노동조합 문제가 잘 마무리됐으면 좋겠다."라고 말했다.

사장이 그런 발언을 이어가자, 내가 다시 손을 들었다. 그리고는 하고 싶었던 말을 했다.

"사장님, 노조가 제 역할을 하면 회사도 이익입니다. 노조에 대한 신임이 높으면 직원들이 일을 더 열심히 할 수 있습니다. 노조는 단결력이 강하기 때문에 회사가 어려울 때 단결해서 더 열심히 일해서 회사를 살릴 수도 있습니다. 현재 노조에 대한 불만이 많기 때문에 직원들이 일을 열심히 하지 않는 측면도 있습니다. 지금 조합원들의 가장 큰 불만이 조합에 대한 불만입니다. 그리고 조합에 대한 불만이 회사에 대한 불만으로 이어지고 있습니다. 노조위원장이 조합원들을 위해 일을 하는 것이 아니라 회사 편에 서서 일을 하기 때문에 조합원들이 애사심을 갖지 못합니다. 마음에서 우러나야 일을 열심히 하게 되는 것인데, 지금은 그렇지 못합니다. 불만이 있는 상태에서 일을 하니 제품에 불량이 더 많이 발생합니다. 그게 다 회사 손해 아닙니까. 비상대책위원회를 조속히 구성해서 위원장 선거를 시행하고 조합을 제대로 구성하면 회사에 더 도움이 될 것입니다."

내 말이 끝나자, 사장이 껄껄 웃으면서 "방 반장 위원장 하려는가 보네?"라고 말했다. 사장은 그러면서 "비상대책위원회는 말이 무서우니까. 재건위원회라고 하는 것은 어떤가?"라고 말했다. 나는 이름은 어떤 것이든 상관없다고 했다. 나의 설명을 들은 사장은 이제는 걱정 없게 됐다면서 안심하는 표정으로 자리를 떴다.

🏁 일진전기 노조위원장이 되다

2004년 가을, 당시 일진전기에는 나만큼 노동운동에 대한 지식을 가진 사람이 없었다. 사소한 절차를 모두 내가 알려줬다.

간선제로 선출된 전임 위원장을 몰아내고 새로 조합원 직선제를 통해서 위원장을 선출해야 했다. 그런 절차에 대해서 나는 대의원들에게 모두 알려주었다. 이제 새로운 노조위원장을 선출하는 절차만 남았다.

일전전기에서 처음 실시되는 노조위원장 직접 선출. 조합원 모두가 투표에 참여해서 자신의 한 표를 행사한다. 조합원들의 의사가 반영된 조합원들을 위한 위원장이 선출되는 것이다.

여러 조합원이 나에게 찾아왔다. 노조위원장 선거에 출마하라는 요구를 하러 온 것이다.

"조합과 관련된 일을 가장 잘 알고, 조합을 이끌어갈 리더십이 있는 사람은 방 반장뿐입니다."

　조합원들은 그렇게 말하면서 나에게 출마를 권유했다. 나도 더 이상 조합원들의 권유를 뿌리칠 수 없었다. 지금 상황에서는 내가 앞장서서 일진전기 노동조합을 단단하게 만들 필요가 있다는 생각도 했다.

　나는 내가 속한 부서에 노조위원장 선거에 출마하겠다는 뜻을 전달했다. 부서 사람들은 나의 노조위원장 출마에 반대했다. 생산라인에서 할 일이 많다는 것이 그 이유였다. 나는 물러서지 않았다. 우리 부서만 볼 것이 아니라 일진전기 전체를 봐야 한다고 부서 사람들을 설득했다. 지금 일진전기 노조를 반석 위에 올려놓으려면 내가 직접 나서야 한다고 말했다.

　많은 조합원이 나의 출마를 지지했다. 그럼에도 나와 경쟁하려는 사람들이 있었다. 하지만 그들은 중간에 모두 포기했다. 직선제로 시행된 첫 번째 일진전기 노조위원장 선거에는 방운제 한 사람만이 출마했다. 단독 후보로 출마했지만, 선거는 시행됐다. 노조위원장 선거가 원래 그렇다. 단독 후보로 출마해도 찬반을 묻는 방식으로 선거가 진행된다.

　2004년 겨울, 나는 압도적인 찬성표를 받아서 일진전기 노조위원장에 당선됐다. 나의 임기는 2005년 1월부터 시작됐다. 그리고 그 이후로 이 책을 쓰는 지금 2025년까지 21년째 일진전기 노조위원장으로 활동하고 있다. 7번의 일진전기 노조위원장 선거가 실시됐는데, 모두 나 혼자 단독출마한 상태로 선거가 실시됐다. 그리고 높은 지지율로 나는 당선됐다.

대한전선에 입사해서 처음으로 노동운동에 대해 눈을 떴고, 일진전기에 입사한 후에 본격적으로 노동운동가의 길을 걸었다. 일진전기 노조위원장 자격으로 한국노총 안산 지역지부 정책실장과 사무처장으로 활동했다. 금속노련 안산·시흥본부장에 당선돼 활동하기도 했다. 그리고 그런 경력을 바탕으로 2021년 한국노총 경기본부 안산지역지부 의장 선거에 출마했다.

일진전기 노동운동의 패러다임을 바꾸다

내가 위원장에 당선될 때까지 일진전기의 조합원들은 노동운동에 대해서 알지 못했다. 어떻게 해야 하는지도 몰랐다. 위원장에 당선되자마자 나는 일진진기의 노동운동을 완전히 바꾸어 놓았다.

아침에 출근하면 일을 시작하기 전에 단체로 모여서 구호를 외쳤다. 노동가를 배워서 부르게 했다. 일을 하면서 힘든 일이 있으면 그것에 대해서 얘기할 기회도 줬다. 그동안은 이런 활동이 없었다. 나는 조합원들에게 노동운동의 의식화 교육을 시행해 나갔다.

당시 일진전기는 2교대 근무였다. 오전 8시에 출근하고 오후 8시에 퇴근했다. 나는 8시 퇴근 때까지 기다렸다가 퇴근하기 전에 모여서 다시 한번 구호를 외치고 노동가를 부르는 의식을 계속해 나갔다.

회사에도 노조에 필요한 것들을 요구했다. 식당 앞 게시판에 노조의 공간을 만들어 달라고 요구해서 관철했다. 현수막을 게시

할 수 있는 자리도 요구했다. 그렇게 마련된 자리에 '2005년 임투 승리'라는 문구가 적힌 빨간 현수막을 걸었다. 조합원들에게는 '쟁취'라고 적힌 리본을 달게 했다. 그동안 일진전기에서 볼 수 없던 모습이었다.

이런 변화에 회사는 당황했다. 방운제가 노조위원장이 되더니 회사 노조가 민주노총처럼 변했다고 경계했다.

상급단체인 금속연맹 안산 시흥본부에도 많은 조합원을 가입시켰다. 노동운동에 대해서 배워야 한다는 생각 때문이었다. 그야말로 일진전기 노동운동의 패러다임을 바꾸어 나갔다.

노조가 활발해지면 기업이 어려움을 겪는다고 말하는 사람들이 있다. 하지만 그렇지 않다는 것을 일진전기가 보여줬다. 내가 노조위원장에 당선된 후에 일진전기 노조는 분명 더 강해졌다. 노조 활동이 활발해졌다. 그런데 그때부터 일진전기의 경영이 흑자로 돌아섰다.

나는 평소에 그렇게 말해왔다. "노동조합의 리더가 잘 이끌면 조합원들이 단결이 생겨서 더 열심히 일하게 된다. 그리고 결과적으로 회사가 더 잘 운영된다. 반대로 노조위원장이 리드를 잘 못하면 조합원들의 응집력이 약해지고 일을 게을리해 회사에도 악영향을 끼친다."

내가 위원장이 되고 나서 일진전기의 노동조합은 안정적으로 됐고, 일진전기 경영은 흑자로 돌아섰다. 그것이 현실로 나타나자, 회사 측도 나의 주장에 공감하기 시작했다.

내가 노조위원장이 되고 나서 회사와의 관계는 부드럽게 유지됐다. 나는 천천히 노동자들의 권익을 회복시켰다. 복지를 향상하고, 급여를 인상했다. 절대 무리한 방법을 사용하지 않았다. 노조와 회사가 부드러운 관계를 유지하면서도 노동자들의 권익을 향상할 수 있었다. 나는 그것을 가능하게 했고 회사 측도 나의 의견을 많이 수용해 줬다.

그런데, 2014년 회사가 경영합리화라는 명분으로 일부 부서를 구조조정하면서 나와 회사 간에 큰 갈등이 발생했다.

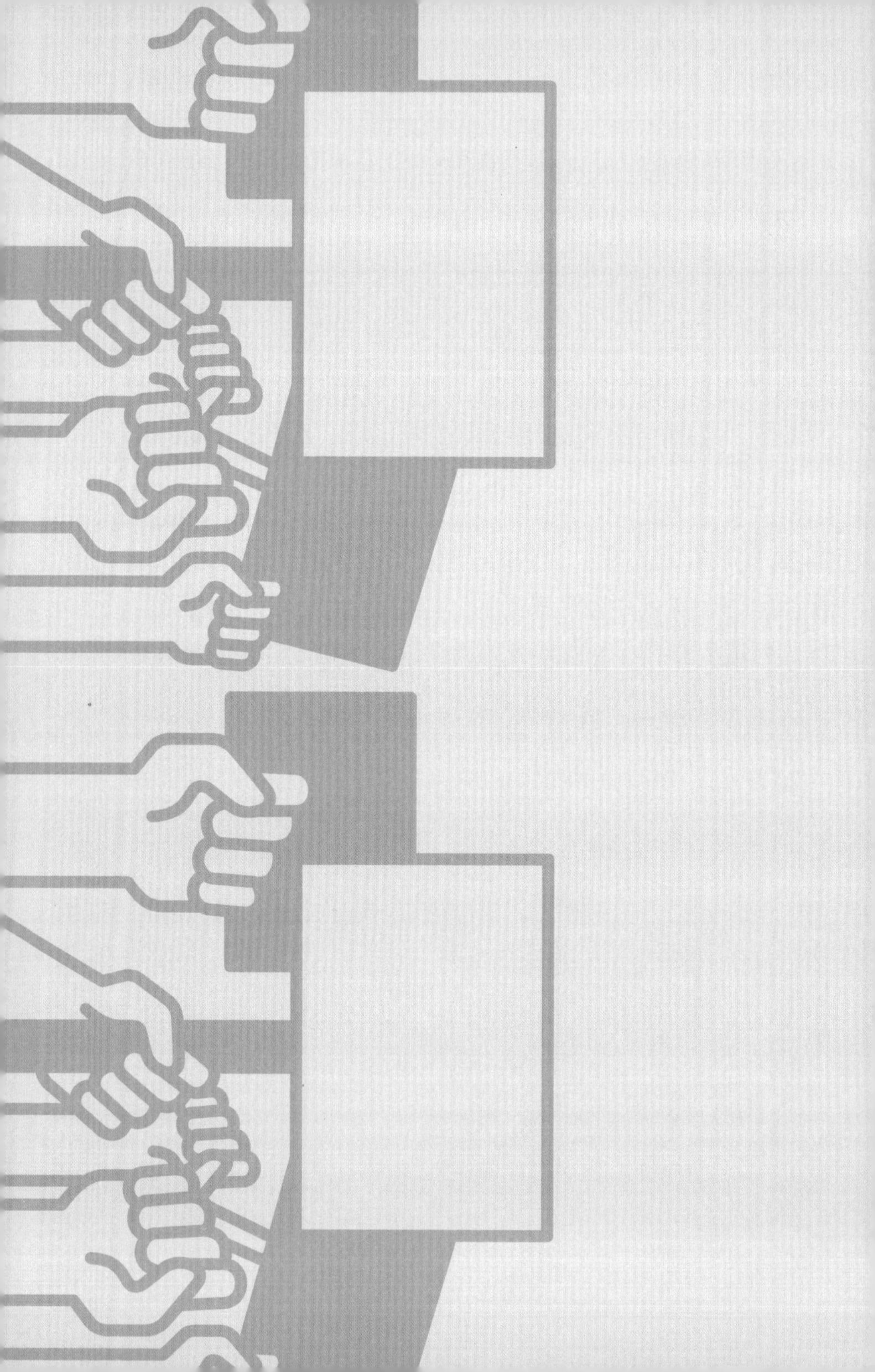

제7장

투 쟁

🚩 해고 투쟁… 압력이 가해지고

2014년 일진전기 노조는 회사 측과 임금협상을 벌여 원하는 것을 받아냈다. 협상이 예상보다 순조롭게 잘 진행됐다. 이상하다 싶을 정도로 회사는 노조의 요구를 잘 들어줬다. 당시 우리 일진전기는 상여금 600%를 받았다. 그런데 그 시기에 대법원이 상여금도 통상임금에 포함된다고 판결했다. 우리도 그 소식을 들었기 때문에 회사에 상여금을 통상임금에 포함해 달라고 요구하자 회사는 우리의 요구를 수용했다. 정년도 3년을 연장해달라고 했는데 회사는 임금 피크를 적용하는 조건으로 받아들이겠다고 했다. 임금 피크를 적용한 정년 연장을 내가 반대하면서 타협하는 데 시간이 걸렸다. 그러나 결과적으로 우리는 회사의 의견을 받아서 임금 피크가 적용된 정년 연장을 받아들였다. 이해의 임금협상은 예상외로 잘됐다. 임금도 9%나 인상되는 것으로 협상이 이뤄졌다. 회사가 이상하다고 생각될 정도로 우리의 입장을 들어줬다.

그러나 회사가 노조의 요구를 들어준 데는 그만한 이유가 있었다.

그해 가을 임금협상이 끝나자마자 회사는 통신선 부문을 구조조정하겠다고 통보했다. 직원들에게는 희망퇴직을 신청하라고 했다. 그 당시 통신선은 적자로 운영되고 있었다. 우리는 회사의 요구에 응할 수 없다고 맞섰다. 나는 직원들에게 희망퇴직을 신청하지 말라고 설득했다. 그렇지만 상당수의 직원이 희망퇴직을 신청했다. 43명 가운데 30명이 희망퇴직을 신청하고 13명만이 남았다. 13명 남은 조합원들과 투쟁을 시작했다. 우리의 요구는 단순했다. 다른 부서로 전환 배치해달라는 것이었다. 우리가 투쟁을 시작하자 회사는 우리의 요구를 받아들였다. 전환 배치를 해준 것이다. 하지만 전원이 전환 배치되지는 않았다. 13명 가운데 7명만 전환 배치가 이뤄졌다. 전환 배치가 되지 않은 6명의 조합원은 해고됐다. 나는 해고된 6명의 조합원과 함께 그때부터 길고 험난한 복직 투쟁에 들어갔다.

투쟁하는 것에는 한계가 있다. 나와 해고된 6명의 조합원은 회사 앞에 텐트를 치고 농성을 벌였다. 하지만 언제까지 농성을 벌일 수는 없었다. 해고된 조합원들도 가정이 있고 가족이 있다. 경제활동을 해야 살아갈 수가 있었다. 그다음 해인 2015년 8월 우리는 천막을 철거했다. 해고된 조합원들은 일자리를 찾아 뿔뿔

이 흩어졌다. 그러나 회사와의 투쟁을 멈춘 것은 아니었다. 우리는 법정투쟁을 계속해 나갔다.

회사로서 가장 미운 사람은 방운제였다. 방운제만 없으면 조합원들이 투쟁을 계속하기도 힘들고, 법적으로 대응하기도 어려웠을 텐데 방운제 때문에 그런 것이 가능하다고 회사는 판단하고 있었다. 그래서 회사는 나에게 압력을 가하기 시작했다.

나는 그 당시 일전전기 관사를 사용하고 있었다. 직원들을 위해 회사가 마련해 놓은 것이다. 그런데 회사가 갑자기 관사에서 나가라고 통보했다. 나만 나가라고 할 수 없으니, 관사를 사용하는 다른 직원들까지 모두 나가라고 했다.

명분은 회사의 적자를 메우기 위해서 사택을 모두 팔아야 한다는 것이었다. 나는 그렇다면 살고 있는 직원들에게 매각하라고 요구했다. 그러자 회사는 입주한 직원들에게 매각했다. 그리고 나에게도 살고 싶으면 매입하라고 요구했다. 나는 회사와 투쟁 중이었기 때문에 회사 사택을 매입하지 않았다. 그러면서 나는 퇴거하지 않고 버텼다.

다른 직원들이 모두 관사에서 퇴거할 때까지도 나는 버텼다. 하지만 회사가 법적인 절차를 밟아가면서 퇴거를 압박하는 상황에서는 버틸 수가 없었다. 나는 쫓겨나듯이 관사에서 나와서 월피동의 반지하 방으로 이사했다. 우리 부부와 아들 두 명이 반지하의 방 두 칸짜리 집으로 옮겨간 것이다. 네 식구가 방 두 칸짜리 집으로 이사하니 짐을 넣을 공간도 부족했다. 비참한 순간이었다.

회사는 나의 급여도 절반만 지급했다. 노조위원장에게는 1년에 1,500시간의 위원장 활동 시간이 있다. 회사 일을 하지 않고 노조 활동만 해도 근로로 인정하는 것이다. 그동안은 내가 회사 일을 하지 않고 노조 활동만 해도 회사에서 월급을 전액 지급했다. 하지만 해고된 노동자들과 내가 함께 투쟁을 하자 회사가 태도를 바꾸었다.

법으로 정해진 1,500시간만 근로 시간으로 인정해서 그만큼만 급여를 지급하기 시작한 것이다. 나는 일을 하겠다고 회사에 요구했다. 필요한 시간만큼 일을 해서 정상적인 급여를 받겠다고 했다. 하지만 회사는 나에게 일을 주지 않았다. 어떤 일도 배정하지 않았다. 그리고 절반의 급여만 나에게 지급했다. 경제제재 조처를 한 것이다.

이게 다가 아니다. 해고된 6명을 위해 투쟁을 하면서 나는 무척 조심했다. 회사가 나를 노리고 있었기 때문이다. 내가 조금이라도 불법적인 행동을 하면 그것을 빌미로 나를 해고할 수도 있고, 노조위원장 자리에서 물러나게 할 수도 있었기 때문이다. 실제로 회사는 나를 고소하기도 했다. 내가 회사에 대한 비방을 하고 욕했다는 이유로 협박죄로 고소한 것이다. 이것으로 약식 기소돼 100만 원의 벌금형이 나에게 내려졌다. 나는 이에 굴하지 않고 정식 재판을 청구했다. 그리고 최종적으로 무죄 판결을 받아냈다.

위협에 겁을 먹는 방운제가 아니다. 역경에 굴복하는 방운제는 더더욱 아니다. 위협과 역경을 이겨내며 나는 회사와 긴 싸움을 이어갔다. 해고된 노동자들의 권리를 되찾아주겠다는 일념으로 나는 버텨냈다.

⚑ 행정소송에서 승리

우리가 제기한 해고무효 주장은 지방노동위원회와 중앙노동위원회에서 받아들여졌다.

2015년 4월 2일. 경기지방노동위원회는 부당해고라면서 근로자 6명 전원을 복직시키라고 명령했다. 당연한 결과였지만 나는 너무나도 기뻤다. 해고된 근로자들에게 이 소식을 곧바로 전했다. 그리고 기쁨을 함께 나누었다. 그렇지만 회사가 지방노동위원회의 결정을 바로 받아들이지 않을 수도 있다고 생각했다. 이런 우리의 생각은 현실이 됐다.

일진전기는 경기지방노동위원회의 결정에 불복하고 중앙노동위원회에 재심을 청구했다. 중앙노동위원회의 결정도 달라지지 않았다. 우리가 또다시 이겼다.

2015년 6월 22일. 중앙노동위원회는 경기지방노동위원회의 결정이 적합하다면서 부당해고를 인정하고 전원 복직시켜야 한다는 명령을 내렸다.

하지만 노동위원회에서 받아들여졌다고 해서 회사가 해고 노동자를 곧바로 채용하지는 않았다. 회사는 해고된 노동자를 채용할 의사가 없었고, 결국 투쟁은 법정으로 이어졌다.

2015년 8월 10일. 일진전기는 중앙노동위원회의 명령에도 불복하고 서울지방행정법원에 정식 소송을 제기했다. 회사가 정식 소송을 시작하자 해고된 근로자들은 소송이 오래 진행될 것이라는 우려 속에서 천막 농성을 철거하고 다른 회사에 입사했다. 일단 가족의 생계를 유지하는 것이 급선무였기 때문이다. 소송비용을 마련하는 것도 쉬운 일이 아니어서 근로자들 간에 소송을 그만두어야 하는 것 아니냐는 우려가 나오기도 했다.

하지만 중간에 그만두는 것은 방운제의 스타일이 아니다. 한번 일을 시작하면 끝을 봐야 하고, 반드시 승리해야만 하는 것이 나의 스타일이다. 나는 일부 우려의 목소리에도 불구하고 정식 재판에서도 승리할 수 있다면서 법정투쟁을 이어갔다. 그리고 결국 정식 재판에서도 승리했다.

2016년 6월 2일. 서울지방행정법원은 일진전기 회사 측이 제기한 소송을 기각하고 일진전기 해고자 6명을 복직하라고 판결했다.

이 정도면 싸움은 끝난 것이었다. 지방노동위원회, 중앙노동위원회, 그리고 행정법원까지 모두 해고가 부당하다고 판결했다. 6

명 전원을 복직시키라고 판결했다. 나는 우리가 완전히 승리했다고 생각했다. 해고된 6명의 노동자도 승리를 자축하며 기쁨의 눈물을 흘렸다.

그런데, 일진전기는 여기서 멈추지 않았다. 부당해고라는 판결을 인정하지 않았다. 회사는 항소했다.

2016년 6월 2일. 서울지방행정법원은 일진전기 회사 측이 제기한 소송을 기각하고 일진전기 해고자 6명을 복직하라고 판결했다. 일진전기에서 해고된 근로자 6명이 2년간의 법적인 싸움 끝에 승리를 거두는 순간이었다. 안산정론신문은 일진전기 방운제 노조위원장을 통해 지난 2년간 지속된 일진전기 해고 근로자들의 힘든 법정 투쟁기를 들었다.

✎ 2014년 겨울 해고된 6명의 근로자

2014년 11월 3일. 일진전기 근로자들이 정문 앞에서 집회를 하기 시작했다. 이 회사의 통신사업부가 긴박한 경영 정리절차로 인해서 근로자들이 해고될 위기에 처하자, 집회를 열기 시작한 것이다.

2014년 12월 31일. 일진전기는 그해 마지막 날 근로자 6명을 해고했다. 6명 가운데에는 노동조합 간부 4명과 조합원 2명이 포함돼 있었다. 연말에 해고 통보를 받은 근로자 6명은 연초 연휴가 끝난 후 2015년 1월 5일 경기지방노동위원회에 부당해고 구제신청을 접수했다. 법적인 절차를 통해서 구제를 요청하는 동시에 천막을 치고 농성에 돌입하는 물리적 행동도 병행했다.

2015년 4월 2일. 경기지방노동위원회는 부당해고라면서 근로자 6명 전원을 복직시키라고 명령했다. 근로자들이 승리한 것이다.

하지만 일진전기는 경기지방노동위원회의 결정에 불복하고 중앙노동위원회에 재심을 청구했다. 2015년 6월 22일. 중앙노동위원회는 경기지방노동위원회의 결정이 적합하다면서 부당해고를 인정하고 전원 복직시켜야 한다는 명령을 내렸다.

2015년 8월 10일. 일진전기는 중앙노동위원회의 명령에도 불복하고 서울지방행정법원에 정식 소송을 제기했다. 회사가 정식 소송을 시작하자 해고된 근로자들은 소송이 오래 진행될 것이라는 우려 속에서 천막 농성을 철거하고 다른 회사에 입사했다. 일단 가족의 생계를 유지하는 것이 급선무였기 때문이다. 소송비용을 마련하는 것도 쉬운 일이 아니어서 근로자들 간에 소송을 그만두어야 하는 것 아니냐는 우려가 나오기도 했다. 그러는 가운데 근로자들은 어렵게 소송을 이어갔다.

그리고 드디어 2016년 6월 2일 소송이 시작된 지 10개월 만에 서울지방행정법원은 근로자들의 손을 들어줬다.

✏️ **힘든 소송**

근로자가 회사를 상대로 소송전을 벌이는 것은 매우 힘든 일이다. 그것이 힘든 일이라는 것은 누구보다 근로자들이 잘 안다. 물론 대기업이나 공기업 근로자들은 다르다. 그런 큰 회사들은 노조의 힘이 강해서 회사를 상대로 소송전을 벌여도 밀리지 않는다. 하지만 중소기업 노조는 다르다. 일진전기에서 해고된 6명의 근로자도 소송하는 동안 힘든 시기를 보내야 했다. 근로자들뿐 아니라 노동조합도 마찬가지다. 일전진기 노조가 이들 6명의 해고 근로자의 소송을 지원했지만, 그것이 쉬운 일이 아니었다. 방운제 위원장의 말이다.

"회사와 소송을 하는 것에 대해서 근로자들은 누구나 겁을 낸다. 소송이 길어지기 때문에 그동안 먹고 사는 게 걱정이고, 소송비용을 마련하는 것이 겁이 난다. 대기업 노조는 조합비가 많기 때문에 소송해도 별 어려움이 없지만 일반 회사 노조는 소송하는 것이 쉽지 않다. 그럼에도 우리는 어려운 여건 속에서 노조가 최선을 다해서 지원했고, 그 결과가 좋아서 다행이다.”

✏️ 경영상의 구조조정은 이해한다

방 위원장은 회사가 경영상의 어려움 때문에 경영상의 판단으로 구조조정을 하고 그로 인해 인력을 감축하는 것을 이해한다고 말했다. 회사가 있어야 근로자가 있는 것이라는 게 방 위원장의 설명이다. 다만 그것이 상식에 맞아야 한다는 게 또한 그의 설명이다.

“일진전기 근로자가 모두 합하면 1천 명이나 되는데, 그런 회사가 경영상의 어려움 때문에 6명을 해고한다는 게 말이 안 된다. 60명이라면 모를까 6명을 함께 데려가지 못한다는 게 말이 되나?”

일진전기가 직원들을 해고하는 과정에서 위로금 형식으로 기본급 기준 3개월 치의 월급을 제시했다. 근로자들은 오랜 세월 근무한 회사를 그만두는데 고작 3개월 치를 받고서 그만둘 수는 없었다. 언론을 보면 대기업 근로자들이 희망퇴직을 하는 경우 몇 년 치 연봉을 주는 것과 비교하면 3개월 치는 턱없이 적은 액수다. 연봉도 대기업에 비해 적은데, 퇴직을 요구하면서 3개월 치만 더 준다는 말을 수긍할 수가 없었고, 그것이 노동위원회에 구제신청을 하고 법적 소송까지 가는 실마리가 됐다.

✏️ 일하고 싶고, 함께 하고 싶다

힘든 법정투쟁을 한 이유에 대해 방 위원장은 "일하고 싶어서, 회사에 다니고 싶어서."라고 말했다. "우리는 돈을 위해서 법정투쟁을 한 것이 아니다. 우리는 일하고 싶고 회사에 다니고 싶어서 지방노동위원회에 구제신청을 제출한 것이고, 그것이 진행되면서 소송까지 간 것이다. 우리 근로자들이 원하는 것은 단순하다. 회사에 다니면서 일하고 싶고 회사에서 받은 봉급으로 가족들과 단란하게 살아가고 싶은 것이다. 우리가 대기업처럼 더 큰 이익을 위해서 싸우는 것도 아니고, 정치적인 목적을 갖고 집회를 열지도 않는다. 우리는 그저 회사에 다니면서 소박하게 살고 싶을 뿐이다."

✏️ 언론에 알리는 이유

시민들이 많이 접하는 중앙언론들은 대부분 대기업 노조와 근로자들에 대한 얘기만 다룬다. 최근 구조조정을 해야 하는 조선업체 근로자들의 연봉이 8천만 원이 넘는다거나, 대기업 노동조합이 파업을 벌이는데 연봉이 1억 원이라거나 이런 소식만 전한다. 그러다 보니 노동조합의 활동에 대해서, 근로자들이 기업을 상대로 벌이는 투쟁에 대해서 좋지 않게 생각하는 시민들이 있다. 그런 시민들에게 제대로 된 근로자들의 실상을 알리기 위해서 언론에 사실을 알리는 것이라고 방 위원장은 말한다.

"안산·시흥 지역에서 근무하는 제조업체 근로자들은 연봉 5천만 원이 넘는 경우가 거의 없다. 우리 회사가 큰 기업에 속하는데 우리도 그런 수준의 대우를 받지 못한다. 자동차나, 조선회사, 또는 금융노조에 속한 근로자들은 연봉이 1억 원이라거나 7~8천만 원이라고 하는데, 우리에게는 먼 나라 얘기다. 우리는 많지 않은 봉급을 받으면서 열심히 일하는 글자 그대로 근로자들이다. 그리고 그런 근로자들이 자신들의 생존권을 위해서 만든 것이 노동조합이다. 이런 현실을 시민들이 제대로 이해해 주기를 바란다."

🚩 엎치락뒤치락 법원 판결… 그리고 최종 승리

방심하면 기습공격에 취약해진다. 자만은 패배를 부른다.

나는 방심했고 자만에 빠졌다. 그럴 만도 했다. 지방노동위원회가 우리의 손을 들어줬다. 중앙노동위원회도 우리의 손을 들어줬다. 정식 재판에서도 우리는 승리했다. 우리가 승리했다는 결과는 너무도 명확했다. 어떤 상황에서도 우리의 승리가 패배로 바뀔 것이라고 나는 상상하지 않았다. 우리 모두 그랬다.

내가 자만하고 방심하는 사이에 회사는 칼을 갈고 있었다. 1심 재판에서 패배한 회사는 서울에 소재한 초대형 로펌에 소송을 맡겼다. 패배하지 않겠다는 강한 의지를 보인 것이다. 이래서 기업과 싸우는 것은 힘들다. 재력을 갖춘 기업은 능력과 경험이 풍부한 변호사들이 있는 대형 로펌을 통해 재판을 대신한다. 반대로 경제력이 약한 나와 같은 노동자들은 비싼 변호사를 고용할 수 없다. 서울에 있는 굴지의 로펌을 고용할 생각은 꿈에도 하지 못한다.

우리는 패배했다. 2심 고법의 재판은 우리에게 패배를 안겼다. 우리가 방심했기 때문이다. 우리가 자만한 사이에 회사는 더욱 치밀하게 준비했기 때문이다.

고법의 패배는 치명적이다. 고법 다음에는 대법원판결만이 남아 있을 뿐이다. 더구나 대법원은 재판심리를 하지 않는다. 법리 적용에 잘못이 있는지 없는지만을 살펴볼 뿐이다. 그렇지만 나는 포기하지 않았다. 대법원에서 승리할 것이라는 믿음을 갖고 최선을 다했다.

"정리해고 요건을 충족하지 못한 해고였다."

대법원은 이렇게 판결했다. 대법원은 "통신사업부는 다른 사업부와 독립한 별개의 사업체로 보기 어렵다."라며 "통신사업부가 적자 추세였더라도 전체에서 차지하는 비중이 크지 않아 인원을 감축해야 할 불가피한 사정이 있지 않았다."라고 판시했다.

2021년 7월 29일, 대한민국 대법원은 일진전기 노동자들의 해고가 부당하다면서 노동자들의 손을 들어줬다. 길고도 긴 7년간의 해고 투쟁이 막을 내리는 순간이었다. 대법원 앞에서 나는 동료들을 얼싸안고 소리를 질렀다. 함께 기쁨의 눈물을 흘렸다.

우리가 패배할 것이라고 한순간도 생각하지 않았다. 일진전기의 해고는 부당한 것이었다. 부당한 해고가 법적으로 부당하다는 판결을 받기까지 7년이 세월이 흘렀다. 무수히 많은 시련과 감당하기 힘든 고통이 이어진 시간이었다.

대법원의 판결이 이뤄졌지만, 이것이 최종 판결은 아니었다. 대법원은 고법의 판결이 잘못됐으니 다시 판결하라고 고법으로 돌려보낸 것이다. 즉 파기환송이다. 우리의 승소가 결정된 것은 맞지만 다시 고법에서 결정해 줘야 하는 것이다. 고법으로 가서 재판이 진행되면 또다시 6개월이 될지 1년이 될지 모르는 시간이 걸리는 것이다.

이때 내가 다시 나섰다. 회사 측에 대법원의 판결로 부당해고라는 것이 인정됐으니, 이쯤에서 소송을 끝내자고 했다. 소송이 계속되면 회사 이미지가 더 실추될 것이라는 점을 강조했다. 또한 소송이 더 이어지면 해고된 직원들도 힘들지만, 회사도 추가

비용이 들기 때문에 손해라면서 회사를 설득했다.

회사도 나의 의견을 받아들였다. 회사는 소송을 접었다. 그리고 해고된 노동자 6명과 회사와의 협상창구로 내가 나서줄 것을 요구했다. 나는 회사의 입장을 받아들였다. 해고 노동자들을 모두 만나서 회사의 입장과 우리의 입장을 절충해 나갔다. 해고 노동자들은 나를 전적으로 신뢰하고 있었기 때문에 대부분 나의 의견을 수용했다.

결과적으로 회사와의 협상은 잘됐다. 해고됐던 노동자들은 좋은 조건에 회사와 합의했다. 그렇게 7년간의 해고 투쟁이 완전하게 마무리됐다.

해고 투쟁이 마무리되면서 회사와 나와의 관계도 좋아졌다. 사실, 그 전부터 나와 회사의 관계는 회복돼 있었다.

2016년 봄, 회사는 "잘 지내자."라면서 나에게 화해하자는 의사를 밝혔다. 법적으로 다툴 것은 다투고 회사에서의 일은 회사 일대로 하자는 것이 회사의 입장이었다. 나도 회사의 입장을 받아들여 법정투쟁을 벌이는 기간은 회사와 일부러 갈등을 빚거나 하지는 않았다.

나는 신사적으로 법정투쟁을 했고, 신사적인 방법으로 승리했다.

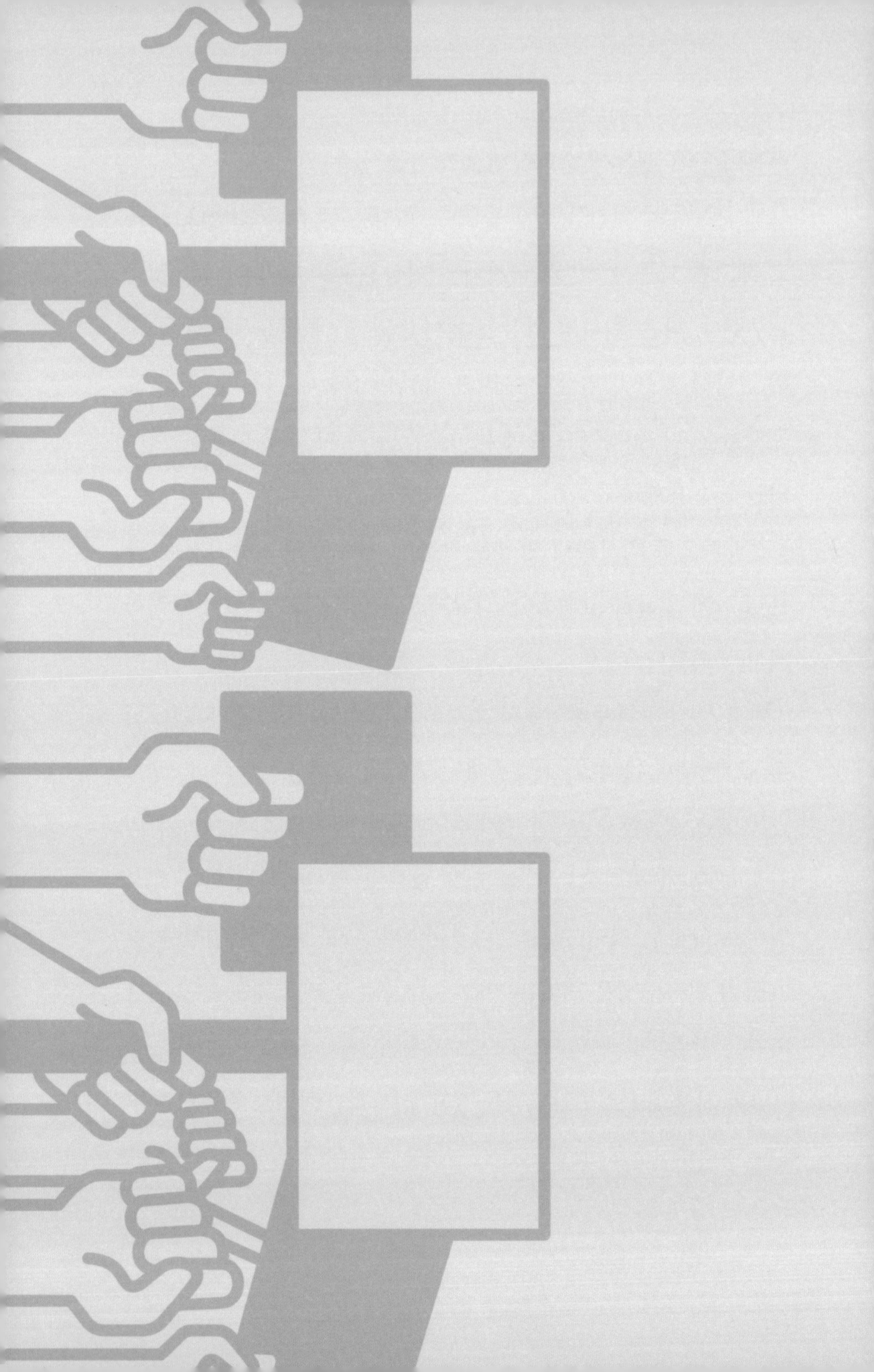

제8장

의 장

♟️ 내가 의장이 될 상인가?

2021년은 나에게 잊을 수 없는 해다. 그해 7월, 일진전기에서 해고된 조합원 6명을 위해 끝까지 투쟁한 결과 최종 승리했다. 장장 7년간의 투쟁에서 승리한 것이다. 대법원에서 확정판결을 받던 그날은 내생에 가장 기쁘고 기억에 남는 몇 번 안 되는 순간이었다.

2021년은 그것으로 끝이 아니었다. 나는 그해 한국노총 경기본부 안산지역지부 의장 선거에 출마했다. 내가 의장 선거에 출마할 수 있었던 바탕에는 당시 의장인 김광호 의장의 도움과 조언이 있었다. 김광호 의장님께는 늘 감사하는 마음을 갖고 있다.

김광호 의장을 모시는 사무처장의 자리에 있으면서 나는 안산지역지부의 현황과 운영에 대해 손바닥 들여다보듯이 알게 됐다. 물론 그전에 정책실장을 오랜 기간 했기 때문에 안산지역지부의 현황에 대해서는 어느 정도 알고 있었다. 다만, 사무처장을 하면서 더 많은 사람들을 만날 수 있었고, 조합원들에게 내 이름을 더 많이 알릴 수 있게 됐다.

2019년 사무처장으로 취임하면서 나는 이미 의장에 도전하겠다는 생각을 하고 있었다. 김광호 의장도 나의 이런 생각을 지지하고 있었다. 그리고 여러 면에서 나에게 도움을 주었다. 그보다 앞서 훨씬 더 전에 김광호 의장은 나에게 큰 감동을 주었다. 그것이 내 노동운동의 방향을 결정했다.

2005년 초, 내가 일진전기 노조위원장으로 처음 취임하던 날 당시 안산지역지부 의장이던 이병욱 의장이 이런 내용의 축사를 했다.

"우리 안산지역지부에 미래를 이끌 좋은 인재가 나타났다. 앞으로 안산지역지부 의장까지 할 인물이다."

나를 띄워주는 내용의 축사였다. 나는 그때 처음으로 노조위원장으로 취임한 것이었다. 이병욱 의장님이 보기에 아마도 '내 얼굴이 의장이 될 상'이었나 보다. 그리고 실제로 지금 내가 안산지역지부 의장이 되어 있으니 이병욱 의장의 사람 보는 눈이 매우 정확했다고 할 수도 있다.

그런데 나에게 감동을 준 것은 이병욱 의장은 축사가 아니었다. 그다음에 이뤄진 교육에서 금속연맹 안산·시흥본부 김광호 의장이 한 발언이었다.

"사장은 나이가 서른 살이어도 존대를 받는다. 나이 50대인 상무도 전무도 부장도, 사장님이라고 호칭하면서 존댓말을 한다. 그런데 우리는 어떤가. 우리 조합원들도 그렇게 해야 한다. 우리가 선출한 위원장을 존경하고 신뢰하고 대우해 줘야 한다. 그래야 위원장이 회사와 대등한 관계에서 협상할 수 있고, 투쟁할 수 있다."

이때 김광호 의장의 발언은 나에게 큰 감동을 주었다. 내 생각과 일치하는 발언이었다. 그때부터 나는 김광호 의장을 존경하고 따르게 됐다. 그다음 해에 의장 선거가 실시됐다. 이 선거에서 나는 김광호 의장을 지지했다. 2006년 말에 치른 선거에서 김광호 의장이 안산지역지부 의장으로 당선됐다.

김광호 의장도 내가 자신을 지지하는 것을 알았다. 그리고 내가 일을 잘하는 것을 알고 있었다. 그래서 김광호 의장은 자신이 안산지역지부 의장에 당선되자 나를 정책실장으로 임명했다. 나역시 그 자리를 원하고 있었다. 김광호 의장 체제에서 정책실장을 하고 그다음에 더 중요한 직책인 사무처장으로 옮겨서 나는 의장을 보좌했다.

나는 예우를 다해서 의장을 모셨다. 다른 사람들이 보기에 너무 심하다고 생각할 정도로 의장에 대한 예우를 중시했다. 단체로 회식할 때 나는 김광호 의장이 도착하지 않으면 음식점 문 앞에서 의장을 기다렸다. 그리고 김광호 의장이 도착하면 모시고 음식점 안으로 들어가서 자리를 안내했다. 그 후에 나는 내 자리에 가서 착석했다. 그동안은 의장에 대해 그렇게 의전을 하는 사무처장이 없었다. 사람들은 나에게 너무 지나치게 의전에 신경 쓴다고 지적했다. "너무 하는 것 아니냐."라고 말하는 조합원 간부들도 있었다. 과잉 충성한다고 손가락질을 하기도 했다. 하지만 나는 그렇지 않다면서 나의 논리로 그 사람들의 주장을 반박했다. "우리가 의장을 잘 대우해야 다른 데 가서도 우리의 의장이 대우를 받을 것 아니냐." 나는 그 사람들에게 이렇게 말했다.

노동자들은 기본적으로 모두 노동자라는 의식 때문에 예우나 의전에 별로 신경 쓰지 않았다. 내가 그런 노동조합의 문화를 바꾸었다. 노동자가 노동자대표를 예우해야 사용자 대표와 동등한 위치에서 협상할 수 있다는 생각에서 그렇게 한 것이다.

한국노총 안산지역지부 의장에 당선되다

한국노총 안산지역지부 사무처장은 의장으로 가는 지름길이나 마찬가지다. 조직 전체에 관한 내용을 자세하기 알기 때문에 의장 선거운동 하는 데 유리하다. 전체 조직을 알고, 사업체별 노조위원장들과 친분을 쌓기도 유리하다. 물론 의장으로 당선되고 나면 조직을 이해하고 사업을 추진하는 데도 유리하다.

내가 안산지부 사무총장을 맡은 이유도 의장을 해야겠다는 생각이 있었기 때문이다. 그리고 이런 내 생각을 당시 의장이었던 김광호 의장도 알고 있었다.

내가 의장을 하겠다고 결심하는데 조언을 해준 사람이 또 있다. 신은철 당시 안산시 근로자복지관 관장님이다. 나보다 연배가 위인 신은철 관장은 내가 안산지역지부 정책실장을 할 때부터 알고 지냈다. 그 당시부터 나에게 많은 조언을 해주었다. 내가 정책실장을 맡아서 활동할 때, 신 관장님은 "정책실장으로 만족하지 말고 더 큰 역할을 맡아서 활동할 수 있도록 준비해야 한다."라고 나에게 조언했다. 그런 신 관장님의 조언이 내가 더 열심히 노동운동을 하고, 더 많은 공부를 하는 데 큰 도움이 됐다. 신은철 관장님과는 함께 대학원에 입학해 석사과정을 공부하기도 했다.

한국노총 안산지역지부 의장 선거는 연말에 있다. 1월부터 임기가 시작되기 때문에 연말에 선거를 해야 한다.

2021년 11월이 되자 나는 본격적으로 움직이기 시작했다. 안산지역지부 의장 선거는 대개 경쟁 없이 한 명의 후보를 놓고 찬반을 묻는 식으로 진행됐다. 하지만 선거는 어떻게 될지 알 수 없는 것. 나는 만약의 상황에 대비해서 물밑에서 선거운동을 전개해 나갔다.

그 당시 다른 후보가 출마를 준비하고 있기도 했다. 안산지역지부에서 같이 활동했던 사람이었다.

공식 선거운동을 시작한 것은 아니지만 의장 출마를 염두에 둔 나와 경쟁자는 물밑에서 열심히 사실상의 선거운동을 전개해 나갔다. 그리고 시간이 지나면 지날수록 나에게 많은 지지가 몰려들고 있다는 것이 느껴졌다. 당시 의장이었던 김광호 의장도 나를 지지했다. 대세는 이미 기울어져 있었다.

결국 경쟁 상대였던 사람이 출마를 포기했다. 나는 단독 후보가 됐다. 선거는 그해 12월 6일에 실시됐다. 단독 후보로 출마했기에 찬반을 묻는 식으로 선거가 진행됐다. 나는 압도적인 찬성률로 한국노총 경기본부 안산지역지부 12대 의장에 당선됐다. 12월 6일 실시된 임시대의원 대회에서 총 124표 가운데, 찬성 105표를 받았다.

당시 언론 인터뷰를 통해 나는 이렇게 당선 소감을 밝혔다.

"노동자 도시인 안산시에서 노동자가 주인 되는 안산시를 만들어 나가기 위한 정치위원회를 설치하여 자주적이고 자립하는 한국노총 경기본부 안산지역지부 건설과 안산시 여성 노동정책 강화, 2024년까지 조합원 2만 명을 목표로 하는 조직확대 사업, 전국 제일의 노동자 종합복지타운 건설, 노동자 교육복지와 상생하는 노사관계 정착을 위해 최선을 다할 것이다. 2022년을 새롭게 열어갈 한국노총 경기본부 안산지역지부 노동운동의 방향이 지향하는 바를 다할 것이다."

사단법인 노동자복지연구회를 설립

　　　　내가 노동운동을 하고 사회생활을 해 나가는 데 있어서 훌륭한 멘토 가운데 한 분이 안산시 근로자복지관 신은철 관장님이다. 현재는 은퇴하셨다.

　내가 안산지부 사무처장으로 활동할 당시 신은철 관장님과 많은 대화를 나누었다. 노동운동에 대해서, 그리고 사회 전반적인 내용에 대해서 우리는 많은 대화를 나누었다. 대학원도 함께 다녔다. 같은 대학원을 졸업해서 나란히 석사학위를 받았다. 나는 한국노총 안산지역지부 의장으로 활동하느라 더 이상 학업을 계속 이어가지 못했지만, 신 관장님은 공부를 더 해서 박사학위를 취득했다.

　신 관장님과 내가 함께 머리를 맞대고 생각해 낸 사업 가운데 하나가 사단법인 노동자복지연구회를 설립한 것이다.

　"방 처장, 사단법인을 하나 설립하자."

　2020년 가을인 것으로 기억된다. 신 관장님이 나에게 말했다.

당시 나는 한국노총 안산지역지부 사무처장을 맡고 있었다.

"한국노총 안산지역지부 아래에 사단법인을 만들어서 여러 가지 사회활동을 해보자." 신 관장님은 이렇게 말했다. 그전부터 사단법인이 필요하다고 신 관장님은 말했었다.

"방 처장이 일을 처리하는 추진력이 좋으니까 할 수 있을 거야." 신 관장님은 그러면서 나에게 적극적으로 추진하라고 말했다.

나는 무슨 일이든 맡으면 끝을 보는 성격이다. 해야 할 일이라고 생각하면 즉시 착수해서 적극적으로 추진해 나간다.

나는 다음날부터 사단법인 설립을 위한 일을 추진해 나갔다. 사단법인을 어떻게 만들어야 하는지 잘 몰랐기 때문에 우선 행정사 사무실을 찾아갔다. 직접 하는 것보다 행정사에게 부탁해서 사단법인 설립 절차를 밟는 것이 효율적일 것이라는 판단을 하고 행정사 비용을 내고서 일을 맡기기로 했다.

사단법인을 만드는 것이 간단한 일이 아니다. 절차가 까다롭고 시간도 많이 필요하다. 다행히 한국노총 안산지역지부라는 신뢰할 만한 단체가 설립하는 것이어서 상대적으로 사단법인 설립이 어렵지 않았다.

2021년 가을 사단법인의 '노동자복지연구회'가 설립됐다.

　사무처장을 맡고 있으면서 사단법인 노동자복지연구회를 설립했지만, 활동은 활발하지 않았다. 사무처장으로서 할 수 있는 한계가 있었고, 무엇보다 사무처장이 해야 할 다른 일들도 많았다. 특히 나는 차기 안산지역지부 의장으로 출마할 생각을 갖고서 움직였기 때문에 무척 바쁜 일정을 소화하고 있었다.

지역사회에 도움을 주는 노동자복지연구회

　　사단법인 노동자복지연구회를 본격적으로 가동한 것은 내가 의장에 당선된 이후부터다. 사단법인이 활발하게 운영되려면 운영자금이 필요하다. 나는 사단법인의 운영자금을 확보하는 것이 가장 우선이라는 판단 아래에 후원금 자동이체 회원을 적극적으로 모집해 나갔다.

　월 1만 원을 기본으로 해서 더 많은 금액을 자동이체 할 수 있도록 했다. 목표를 크게 잡았다. 1년에 1억 원의 후원금이 모금이 되도록 하겠다는 목표를 세웠다. 주변에서는 너무 목표가 크다는 사람들도 있었다. 하지만 나는 연 1억 원 정도의 후원금이 모여야 사단법인을 제대로 운영하면서 지역사회를 위한 봉사활동도 가능하다고 판단했다.

　2025년 현재 매월 5백여만 원 정도의 후원금이 입금된다. 1년으로 환산하면 6천만 원이 조금 넘는 금액이다. 나는 이것을 2027년까지 연 1억 원으로 늘릴 계획을 세워놓고서 일을 추진하고 있다. 충분히 달성 가능하다고 판단하고 있다.

사단법인 노동자복지연구회에 들어온 후원금은 지역사회를 위해서 사용한다. 안산 시민 프로축구단에 티켓 구매를 통해 후원하고 있다. 또한 탈북민단체, 지역아동센터, 장애인단체, 외국인 노동자 급식 지원 단체를 비롯해 지역 복지시설에도 후원을 하고 있다.

안산지부가 사단법인을 설립해서 운영하는 것을 보고서 다른 지역에서도 사단법인을 설립하고 있다. 몇몇 지역에서는 사단법인을 설립한 지역도 있다. 하지만 운영하는 것은 쉽지 않다고 한다. 누군가 적극적으로 나서야 하는데 그럴 사람이 없는 것이다. 그런 면에서 한국노총 안산지역지부가 설립해 운영하는 '한국노총 노동자복지연구회'는 매우 모범적으로 운영되고 있는 것이다.

그동안 노동운동 단체는 기업이나 기관으로부터 후원을 받는 단체였다. 그러나 사단법인 노동자복지연구회를 통해서 이제는 노동운동 단체도 지역사회에 후원하는 단체라는 것을 보여주고 있다. 노동운동의 새로운 변화의 시도라고 나는 생각한다.

안산시장을 우리가 뽑자-정치위원회 구성

노동운동 조직은 진보적이다. 정치 성향에서도 진보 정당에 우호적이다. 한국노총은 강성 진보는 아니기 때문에 좌파 정당을 지지하지는 않지만 대체로 민주당에 우호적이었다. 선거 때면 대부분 민주당 후보를 지지했다. 나는 이것을 바꿔야겠다고 생각했다. 민주당이 아니라 국민의힘을 지지하자는 것이 아니다. 한국노총 안산지역지부에 유리한 방향으로 시장 후보를 지지하자는 것이 나의 의견이었다.

무작정 특정 정당을 지지하면 우리에게 돌아오는 혜택이 많지 않을 수 있다. 그러니 후보자들을 모아 놓고 한국노총 안산지역지부에 유리한 공약을 하는 후보, 노동자들에게 우호적인 자세를 취하는 후보를 지지해야 한다고 나는 생각했다. 그리고 나의 이런 생각을 노동자들에게 설명하고 전파했다. 그리고 나의 의지를 관철해 '정치위원회'를 조직했다. 정치위원은 모두 15명으로 구성했다.

2022년 안산시장 선거를 앞두고 한국노총 안산지역지부 정치위원회가 조직된 후 처음으로 후보자 초청 토론회를 열었다.

당시 안산시장 후보였던 제종길, 이민근, 윤화섭 후보를 초청했다. 내부적으로 초청 후보의 기준을 정했다. 여론조사 지지율 10%를 넘는 후보, 그리고 현직 시장인 윤화섭 후보가 초청 대상이었다. 한국노총이 초청하자 세 후보는 모두 토론회에 참석했다.

토론회가 시작되기 전에 세 후보 모두에게 사전 질의서도 보낸 후 회신을 받았다. 그것을 채점해 점수를 매겼다. 그리고 세 명의 후보가 참석한 가운데 안산시 근로자복지관 3층 강당에서 토론회가 진행됐다.

토론회에는 15명의 정치위원 가운데 13명이 참석했다. 정치위원들은 세 명의 후보에게 질문했고, 세 명의 안산시장 후보들은 정치위원들의 질문에 자신의 견해를 답했다. 그렇게 시장 후보들의 답변을 들은 정치위원들은 각자 점수를 매겼다. 그리고 최종적으로 사전 질문지에 대한 채점 점수, 그리고 토론회장에서 각 정치위원이 채점한 점수를 후보별로 합산했다.

그런 과정을 거쳐서 한

국노총 안산지역지부가 지지할 후보로 이민근 후보가 결정됐다. 그 결정에 따라서 한국노총 안산지역지부는 이민근 시장을 지지한다는 공식 선언을 했다. 다행히, 이민근 후보가 시장으로 당선됨으로써 내가 의장이 되고 난 후 추진한 '정치위원회'가 성공적인 역할을 해낸 것으로 평가받게 됐다.

더구나 이민근 후보는 181표라는 근소한 표 차이로 안산시장에 당선되었다. '한국노총 안산지역지부의 지지가 없었으면 어떻게 되었을까?' 나는 가끔 이런 생각을 한다. 아마도 이민근 시장도 같은 생각을 하는 것 같다. 그래서인지 시장에 당선된 이민근 안산시장은 한국노총 안산지역지부와 좋은 관계를 유지하고 있다. 노동자의 권익 향상에 노력하고 있고, 노동자의 복지를 위해서도 많은 정책을 펴고 있다고 평가를 받는다.

정치위원회를 구성하고 그 정치위원회를 통해서 시장 후보를 평가하고, 평가에서 가장 높은 점수를 받은 후보를 지지하고. 이것은 한국노총 안산지역지부 역사 이래 처음 시도된 것이다.

12대 한국노총 안산지역지부 의장으로서 추진한 '정치위원회'가 성공적으로 첫발을 내디딘 것 같아서 보람을 느낀다.

제9장

편 지

✉ 아침 편지

2025년 12월 4일 목요일.

오늘도 즐겁고 행복한 하루 시작하세요.

말은 마음의 지표요, 거울이다.

좋은 말은 사람을 신성하게 하고

나쁜 말은 사람을 죽인다.

말은 생명의 영상이고 마음의 초상이다.

사고 없이 말하는 것은

목표물 없이 총을 쏘는 것과 같다.

사람의 말씨는 그 사람 마음의 소리이다.

말하는 것은 지식의 영역이고

듣는 것은 지혜의 특권이다.

인간의 사상은

그 사람의 성향에 따르고

담화나 강연은 학식과 주입된 견해에 따른다.

당신이 자신에 대해서 생각하는 것은

다른 사람들이

당신에 대해서 생각하는 것보다 훨씬 중요하다.

-곽광택-

부모님은 내가 어린 시절 우리 형제들에게 "부지런해야 한다." 라고 말씀하셨다. 부지런한 사람이 부자가 되고 잘산다고 늘 강조했다. 우리 집에 가훈이라고 정해놓은 문구는 없지만, 아마도 가훈이라고 적어 놓는다면 부지런해야 한다는 의미의 '근면'을 적어 놓을 것이다.

어린 시절부터 부모님에게 들어왔고, 그리고 그런 생활을 하는 부모님의 영향을 받아서 나는 항상 부지런하게 살았다. 지금도 부지런한 것, 성실하게 일하는 것에서는 자부심을 느낀다.

나는 아침 5시에 잠자리에서 일어난다. 수십 년이 된 습관이다. 몸이 불편하거나 전날 과음을 해서 도저히 불가능한 상황이 아니면 매일 아침 5시에 기상한다. 그리고 곧바로 출근 준비해서 차를 몰고 출근한다. 지금 살고 있는 월피동에서 나의 직장이 있는 반월산단까지 승용차로 출근하는데 오전 6시 전에 회사에 도착한다.

　　회사에 도착해서 가장 먼저 하는 일이 아침 편지를 보내는 것이다. 아침 편지는 카카오톡으로 지인들에게 보내는 좋은 글귀를 나 스스로 '아침 편지'라고 명명했다.

　　아침 편지를 보낸 지가 벌써 10년이 넘었다. 처음 아침 편지를 보내기 시작한 것은 2016년이다 안산·시흥 지역 금속연맹 의장을 맡을 당시에 시작했다.

좋은 글을 모아 놓은 앱을 내려받아서 읽다 보니 좋은 글들이 무척 많았다. 그런 좋은 글을 읽으면서 내 마음이 평안해지는 것을 느꼈다.

'아! 이래서 사람들이 좋은 글을 읽는구나.' 나 스스로 그렇게 생각했다.

그래서 이 좋은 글을 나 혼자만 읽을 것이 아니라 주위의 친한 사람들과 함께 읽어야겠다는 생각에서 아침 편지를 보내기 시작했다.

아침 편지를 보내기 시작하면서 좋아진 것이 있는데, 첫 번째가 나 자신이 부드러워진다는 것이다. 노동운동을 하다 보면 늘 '투쟁'이라는 단어와 함께 생활한다. 여기 가도 투쟁, 저기 가도 투쟁이다. 노동자들끼리 만나면 일단 투쟁이라고 외치고 시작했다. 마칠 때는 다시 투쟁을 외쳤다.

또한 노동운동을 하다 보니 다른 사람이나 회사를 칭찬하기보다는 늘 비판하는 것이 일상이었다. 나 자신이 너무 과격해지고 감성이 메말라가는 것 같다는 것을 여러 차례 느꼈다.

그런데 좋은 글을 주위 가까운 사람들에게 아침마다 전달하다 보니 나 자신의 언행이 매우 부드러워지고 점잖아진다는 것을 느겼다.

　처음에는 회원 조직원들 80여 명에게 보냈다. 그러던 것이 한 사람 두 사람 늘려가다 보니 어느새 800명까지 아침 편지를 받아보는 사람 수가 증가했다. 이것은 내가 감당하기에는 너무 많은 인원수였다.

　나는 카톡으로 아침 편지를 보낼 때 한 사람 한 사람 모두 내가 직접 보낸다. 대행업체에 수수료를 내고서 보내게 하는 것이 아니다. 단체로 보내지도 않는다. 카카오톡에서 한 명씩 불러내서 일일이 내용을 복사해서 보낸다. 그렇게 하려니까 800명에게 보내는 것이 보통 일이 아니다. 아침 편지를 보내는 시간만 두 시간이 걸린다. 그래서 아침 편지 발송 명단을 조정하기로 했다. 받아보는 사람들 가운데 별 반응이 없는 사람들을 걸러냈다. 내가 발송하는 아침 편지가 이 사람들에게는 반갑지 않을 수도 있겠구나? 하는 생각도 했다. 그렇게 조정해서 현재는 450명에게 아침 편지를 보낸다.

　아침 편지는 평일 아침에만 발송한다. 토요일과 일요일, 그리고 공휴일에는 발송하지 않는다. 쉬는 날 카톡 알람을 받는 것을 싫어할 사람들이 많을 것이기 때문이다.

　일주일 치의 아침편지 내용을 주말에 준비한다. 토요일 오후,

좋은 글이 담겨있는 앱을 열어서 가장 마음에 드는 글 5편을 추린다. 그것을 다음 주 월·화·수·목·금요일로 나누어서 날짜와 요일을 표기해 저장한다. 그리고 그날이 오면 이른 아침에 저장한 아침 편지를 450명에게 발송한다.

아침 편지에 대한 반응은 좋은 편이다. 450명에게 발송하면 150여 명으로부터 피드백이 온다. '좋은 글 잘 읽었다.' '현재 나의 상황에 꼭 맞는 내용이다.' 등의 답신이 온다.

어쩌다 아침 편지를 발송하지 않으면 '왜 오늘은 안 보내나요?'라는 문자를 보내는 사람들도 있다. 해외여행을 가거나, 몸이 좋지 않거나, 너무 바빠서 보내지 못할 때가 있는데 그럴 때면 전화를 걸어오는 사람들도 있다.

"무슨 일 있어요?"

아침 편지가 없는 날에는 전화를 걸어 사람들이 이렇게 물어본다.

나의 아침 편지를 받고서 답신을 잘하는 사람들이 있다. 이 사람들과는 자주 만나지 않아도 늘 같이 있는 것 같은 친근감이 든다.

아침 편지를 발송함으로써 가장 좋은 점은 나 자신이 달라졌다는 것이다. 오랜 기간 노동운동을 해왔기 때문에 나는 강성 이미지를 안고 살았다. 사용하는 언어가 거칠었고, 화도 잘 냈다.

그런데 아침 편지를 보내면서 나의 언행이 달라졌다. 아침 편지를 보내려면 그 내용을 먼저 내가 자세히 읽어야 한다. 가장 좋은 글을 선택해서 보내야 하기 때문이다. 그렇게 매주 여러 편의 좋은 글을 읽으면서 나 자신이 달라졌다.

우선 사용하는 언어가 달라졌다. 상대방을 자극하고, 대중을 설득하기 위한 강렬한 언어를 주로 사용했었는데, 어느새 내가 사용하는 언어가 부드러워졌다. 표현이 점잖고, 의미가 풍부한 언어를 사용하게 됐다.

행동도 달라졌다. 투쟁만 외치던 사람이 사랑, 배려, 협력, 양보, 희망, 약속, 미래 등에 대한 단어를 사용하다 보니 행동 자체가 달라졌다. 점잖아졌는데, 가족들은 나의 행동에 '품위가 생겼다.'라고 평가했다.

나의 아침 편지는 그 편지를 받아보는 사람들보다 그 편지를 보내는 나에게 더 큰 혜택을 주고 있다.

아침 편지를 언제까지 보낼지는 알 수 없다. 그것에 대한 계획을 세우지 않았다. 아마도 나의 건강이 허락하는 한은 계속해서 보낼 것이다. 나의 아침 편지를 기다리는 사람들이 있으니. 나의 행동을 품위 있게 만들어 주니.

✉ 나의 건강관리 비법

나는 부지런하다. 이것만은 자부할 수 있다. 성실하다. 이것도 내 가족과 내 주위 사람들이 인정하는 사실이다.

내가 부지런하고 성실하게 사는 것은 부모님의 교육 덕분이다. 또한 그렇게 살 수 있는 유전자를 물려받은 덕분이다.

나는 매일 아침 5시면 잠자리에서 일어난다. 그리고 저녁 늦게까지 활동한다. 직장을 다니면서, 노동운동을 하면서도 대학원을 다녔다.

이렇게 바쁘게, 부지런하게 살 수 있는 것은 건강한 체력 덕분이다. 내가 건강한 체력을 유지하는 첫 번째 이유는 부모님으로부터 건강한 체질을 물려받았기 때문이다. 아버지는 무척 건강한 체질이었다. 체격도 컸고, 목소리가 우렁찼다. 아버지가 아프다면서 누워있는 것을 본 적이 없다. 건강한 체력으로 아버지는 열심히 일했고, 또한 열심히 즐겼다. 부모님이 물려준 건강한 체질 덕분에 내가 건강한 체력으로 쉴 새 없이 움직일 수 있는 것이다.

두 번째는 운동이다. 한창 젊을 때는 몰랐지만 중년의 나이가 되면서 건강에 신경 써야 한다고 생각했다. 내가 건강을 위해 하는 운동은 걷기다. 아침에 일찍 출근하면 공장을 한 바퀴 돈다. 아침 일찍 공장을 순회하는 것은 나의 일과에 포함된 첫 번째 순서다. 1만 5천 평이나 되는 공장을 순회하기 때문에 걸음 수가 꽤 된다. 또한 하루의 많은 시간을 나는 걷는다. 워낙 일정이 많고 바쁘게 살기 때문에 별다른 운동을 하지 않아도 하루 1만 보 이상을 걷는다. 운동이 좀 부족하다 싶으면 주말과 휴일에 성포동 노적봉 공원을 걷는다. 이때는 아들과 집사람을 대동하고서 함께 걷는다.

세 번째 나의 건강유지 비결은 '식단'이다. 사실, 이것이 나의 건강유지 비결의 가장 중요한 부분이다. 우리 집에는 내 식단을 관리해 주는 '영양사'가 있다. 바로 산옥 씨다.

중년의 나이가 되면서 여러 수치 면에서 나에게도 건강의 적신호가 켜졌다. 당뇨병 전단계이고, 혈압도 조심하라고 한다. 그런 나를 위해 산옥 씨가 혈당과 비만 관리에 좋은 식단을 준비해 놓는다.

점심과 저녁은 대부분 회사에서 먹거나 다른 사람들과 약속을 통해 외식을 한다. 따라서 집에서 먹는 것은 아침 식사가 거의 유일하다. 그 한 끼의 아침 식사를 위해 산옥 씨는 나의 건강에 가장 좋은 식단을 마련한다.

산옥 씨는 바쁘다. 나와 같이 아침 5시에 기상한다. 그리고 먼저 샤워하고 나오면, 내가 들어가서 샤워한다. 내가 면도하고 샤

워를 하는 사이에 집사람이 어느새 아침 식사를 준비해 놓는다. 견과류와 과일이 들어가 있는 요거트가 아침 식사로 마련돼 있다. 산옥 씨는 매일 똑같은 아침 식사가 아니다. 내게 필요한 재료로 조금씩 바꿔가면서 아침 식사를 준비해 놓는다.

산옥 씨는 손이 빠르다. 내가 출근 준비를 하는 동안에 어느새 아침 식사를 준비해 놓는다. 그러고는 자신도 출근 준비를 하고 나와 비슷한 시간에 집에서 나온다.

산옥 씨는 요리도 잘한다. 나는 노동운동을 하고 회사 사람들과 어울리느라 주말이면 여기저기 대한민국 곳곳을 누빈다. 가끔은 방문한 곳에서 파는 특산품을 사서 귀가한다. 그렇게 각 지역의 특산품을 사오면 산옥 씨는 그것을 다음날 또는 며칠 뒤에 요리로 제공한다.

손놀림이 빨라서 음식 재료들로 금방 음식을 만들어 낸다. 보고 있으면 신기할 정도다. 그렇게 음식솜씨가 좋고 손놀림이 빠르기 때문에 아침에 같이 일어나고서도 아침 식사를 준비하고 출근할 수 있는 것이다.

내가 건강한 체력을 유지할 수 있는 가장 큰 이유는 산옥 씨 덕분이다. 남자들이 부인을 잘 만난 친구들에게 '전생에 나라를 구했나 보다.'라면서 부러워한다. 부인을 잘 만난 것으로 말하자면 나는 '전생에 지구를 구한 것'이나 다름없다.

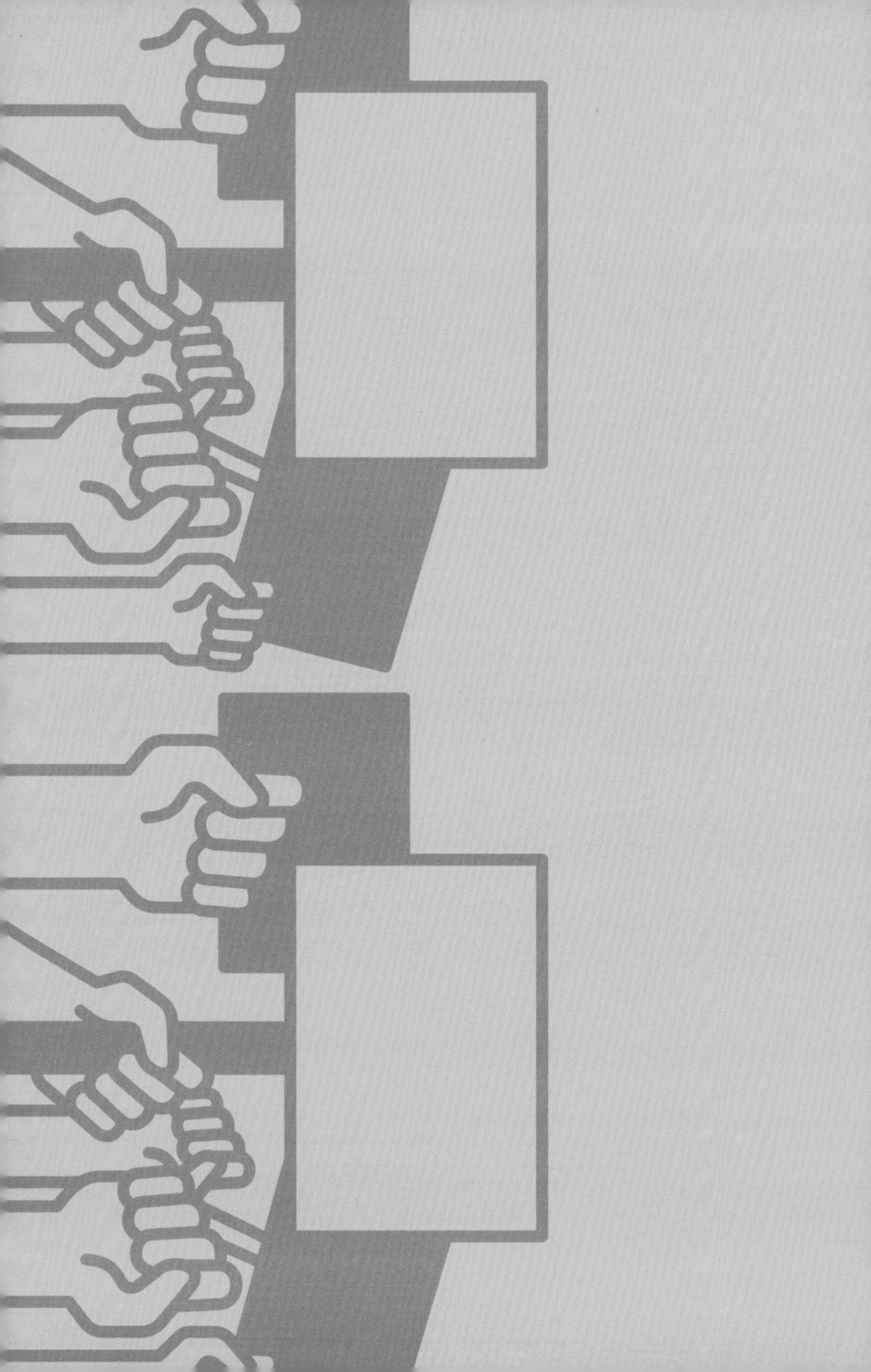

제10장

만 남

🔆 내 사무실을 찾아온 사람들

나의 평안을 너희에게 주노라. 내가 너희에게 주는 것은 세
상이 주는 것과 같지 아니하니라. 너희는 마음에 근심도 말
고 두려워하지도 말라.

−요한복음 14장 27절

2024년 봄, 여성 세 명이 나를 찾아왔다. 개인 방운
제를 찾아온 것이 아니다. 나는 한국노총 안산지역지부 의장이면
서 안산시 근로자복지관 관장직을 겸하고 있다. 세 명의 여성은
안산시 근로자복지관 관장을 찾아온 것이다.

사전에 약속은 없었지만, 나는 만나지 못할 이유도 없었다. 때
마침 시간도 있었다. 나를 찾아온 세 명의 여인은 업무적인 얘기
는 하나도 하지 않았다. 그냥 세상 돌아가는 얘기, 일반적인 가정
사 얘기를 했다. 그렇게 30분가량 얘기를 하고서 내 방을 나갔다.

그리고 2주 정도 지나자 또 찾아왔다. 그때도 그 전에 찾아왔을 때와 같았다. 특별한 용무를 얘기하지 않았다. 이런저런 세상 돌아가는 이야기를 했고, 안산 지역의 여러 상황에 관한 대화를 하였다. 지금 생각해 보면 대화는 아니었다. 나 혼자서 일방적으로 이런저런 얘기를 했고, 그분들은 그냥 듣고만 있었다.

나는 말하는 것을 좋아한다. 특별히 말하는 것을 좋아한다고 할 수는 없지만, 말이 많은 것은 분명하다. 내 주위의 사람들이 나를 그렇게 평가하니 내가 말이 많은 것은 사실인 것이다. 그리고 요즘 가만히 생각해 보니 내가 말이 많기는 하다. 여러 사람이 모이면 주로 대화를 이끌어가는 것은 나다. 대화를 이끌어 가는 정도가 아니라 대부분의 대화를 나 혼자서 하는 경우도 많다.

안산시 근로자복지관 관장실로 나를 찾아왔던 그분들과의 대화도 그랬다. 나 혼자서 일방적으로 얘기를 했고, 그분들은 한참 동안 내 얘기를 경청하고 공감하는 표정만 짓다가 돌아갔다.

한번 만남이 있고, 두 번 만남이 이어지니 그다음부터는 자연스러웠다. 가끔 세 명의 여인은 마치 한 팀처럼 나를 찾아왔다. 그러던 그해 여름 그분들이 나에게 전시회를 보러 가자고 했다. 전시회 주제가 '아버지'라는 것이다.

'아버지'라는 주제에 나는 호감을 느꼈다. 현재는 내가 아버지의 위치에 있고, 현재의 나를 만들어 준 것이 나의 아버지이기에 '아버지'라는 단어에서 나는 큰 울림을 받았다. 평소 전시회와는 담을 쌓고 살았지만, 아버지 전시회는 가고 싶은 생각이 들었다.

'아버지' 전시회는 우리네 아버지의 모습을 담은 사진과 아버지의 삶을 기록한 글들을 전시해 놓은 것이었다. 어릴 적 생각도 나고, 돌아가신 아버지에 대한 생각, 힘들던 시절에 대한 생각 그리고 가족에 대한 생각도 들었다. 전시회를 보면서 나도 모르게 눈물을 흘렸다. 눈물이 흐르는 것을 들키지 않으려고 애써 울음을 삼키고 또 삼켰다. '아버지' 전시회는 나에게 큰 감동을 주었다.

그리고, 아버지 전시회를 통해서 나를 찾아온 세 명의 여인이 전도사라는 것을 알았다. 나를 교회에 나오게 하려고 나에게 믿음을 전파하려고 찾아온 사람들이라는 것을 알았다.

보통 교회에 나오라고 선교하는 사람들은 매우 적극적으로 선교한다. 우리 교회에 꼭 같이 가자고 하고, 예수님을 믿지 않으면 지옥에 간다고 겁을 주기도 한다. 그런데 이 사람들은 그렇게 강요하지 않았다. 교회에 나오라고 강하게 설득하지도 않았다.

'아버지' 전시회를 감상하고 돌아온 나에게 '교회에 한번 와보지 않겠냐'고 말했을 뿐이다. 나는 교회에 한번 가겠다고 약속했다.

아버지 전시회의 감동 때문만은 아니었다. 이분들의 표정이 늘 밝았던 것이 나의 마음을 움직였다. '어째서 이 사람들의 표정은 늘 밝을까?' 나는 이분들을 보면서 그런 생각을 여러 번 했다.

나는 성격이 외향적이다. 어릴 적에 내성적이었으나 성장하면서 바뀌었다. 외향적인 성격의 장점은 마음의 고통을 쉽게 이겨낸다는 것이다. 나는 밝게 사는 편이다. 노동운동을 하면서 힘든 일이 있어도 늘 목소리에는 힘이 들어가 있고, 평소에도 많이 웃는 편이다.

그럼에도 나에게도 그늘이 있다. 그것은 큰아들에 대한 염려 때문이다. 머리가 좋고, 노력도 많이 하고, 학교 성적도 우수했던 큰아들은 이상하게 일이 잘 안 풀려서 마음고생을 많이 하고 있다. 그런 큰아들을 보면서 나도 마음고생을 하고 있다. 그래서 나에게도 마음의 평안을 줄 기댈 언덕이 필요하다는 생각을 가끔 했었다. 그런데 늘 밝은 표정을 하는 그분들이 나에게 교회에 한번 다녀갈 것을 권했다. 나는 그 권유를 받아들여서 교회에 나가기로 약속했다.

🔔 "우리 가족에게 평안을 주소서!"

내가 어릴 적 우리 집은 교회도 절도 성당도 다니지 않는 무신론자 집안이었다. 사실, 무신론자라고 하기는 어렵다. 토속신앙은 믿은 것 같다. 근처에서 굿을 하면 어머니가 구경하러 갔다 오기도 했고, 점을 보러 다니기도 했던 기억이 있다.

우리 집은 또한 철저한 유교 전통을 자랑하는 집안이다. 아버지는 우리 형제들이 어릴 적 제사상 차리는 방법을 수십 번도 넘게 가르쳤다. 홍동백서, 좌포우해, 어동육서…. 그것에 더해서 지방은 어떻게 쓰고, 우리 집은 방씨 문중 몇 대째고 하면서 아버지는 우리 형제들에게 늘 가르쳤다. 그러니 교회에 간다는 것은 어릴 적 상상도 못했다. 아마도 교회에 간다고 아버지에게 말했다가는 불벼락이 떨어졌을 것이다.

그래서 한 번도 가보지 못한 교회를 2024년 가을에 나는 처음으로 출석했다. 어느 환경이든지 처음 맞이하는 곳은 거부감이 들기 마련이다. 그건 자연스러운 진화 과정의 산물이다. 그런데 처음 예배당에 발을 들여놓았는데 나는 전혀 거부감을 느끼지 못했다. 마음이 평안해지는 것을 느꼈다. 기독교에 대해서는 아무것도 알지 못하지만, 나는 부정적으로 생각하지 않기로 했다. 사실 내 주변의 교회에 다닌다면서 옳지 못한 행동을 하는 사람들이 있어서 그동안 교회에 대한 부정적인 생각이 내 머릿속을 차지하고 있었다. 그런데 내가 처음 들어간 교회의 예배당은 나에게 부정적인 생각을 지우게 했다. 무엇보다 예배에 참석한 사람들의 표정이 모두 밝았다.

몇 개월을 가족들에게 말하지 않고서 나는 혼자서 교회에 나갔다. 그러다가 해가 바뀌어 2025년이 되자 나는 집사람 산옥 씨에게 말했다.

"나 교회 다녀."

내가 산옥 씨에게 이렇게 말하자 산옥 씨가 나의 얼굴을 빤히 쳐다보았다. '이 사람이 뭘 잘못 먹었나?'하는 표정이 그 얼굴에 담겨있었다. 그럴 만도 했다. 집사람은 원래 교회를 다녔다. 집에서 멀리 떨어진 곳에 있는 교회를 다녔는데, 안산으로 이사를 오면서 다니지 않게 됐다. 함께 교회 다니던 사람들을 만나기가 힘들고 먼 거리를 다니는 것이 불편해서 잘 나가지 않고 있었다. 내가 같이 가면 좋을 텐데, 남편은 교회에 통 관심이 없으니 같이

다니자고 말도 못 하고 있던 참이었다. 그런데 내가 갑자기 교회에 다닌다고 하니 믿기 힘들었을 것이다.

"몇 달 됐어. 나 진짜로 교회에 다녀."

내가 다시 한번 진지하게 말하자, 산옥 씨의 표정이 달라졌다.

"당신, 무슨 일 있어? 왜 평생 다니지 않던 교회를 나간다고 해? 남자가 나이 먹어서 변하면 뭔가 문제가 있는 거라던데."

아직도 산옥 씨는 믿기 힘들다는 듯이 말했다.

나는 교회에 나가게 된 그동안의 경과를 설명했다. 그리고 이어서 말했다.

"큰아들 공식이를 데리고 교회에 가면 어떨까? 그러면 그 녀석도 마음의 평안을 좀 찾지 않을까?"

아내의 표정이 눈에 띄게 밝아졌다. '남편이 아들 걱정을 하고 있었구나!'하는 생각과, '교회에 나가 마음의 평안을 찾는다.'라는 좋은 아이디어를 생각해 냈기 때문이다.

산옥 씨는 즉석에서 찬성했고, 우리는 큰아들을 설득하기로 했다.

우리는 교회가 주최하는 아버지 전시회 어머니 전시회를 찾아다니며 감상했다. 그렇게 조금씩 조금씩 교회에 마음을 열어 나갔다. 그전까지 나는 절대로 교회에 나가지 않을 것처럼 행동했기에 가족들도 교회에 나간다는 생각을 하지 않고 있었다. 그래서 교회에 나가기 위한 준비 과정이 필요했다.

가족들이 함께 전시회를 감상하고 나자, 큰아들도 가족과 함께라면 교회에 다닐 수 있다고 했다. 그렇게 우리 가족은 함께 교회에 다니기로 했다.

둘째 아들은 결혼해서 출가했다. 우리 집에는 나와 집사람 그리고 장남이 함께 산다. 우리는 이렇게 3명이 함께 교회에 다닌다. 교회에 다닌 이후로 우리 가족들이 훨씬 더 화목해진 느낌이 든다. 마음에 평안도 찾아왔다. 학교 다닐 때 공부를 잘했던 큰아들이 졸업 후 일이 잘 안 풀려서 정신적인 피로가 심하다. 그것이 교회에 다니면서 많이 해소된 느낌이다. 그 전보다 아들의 얼굴이 조금 더 밝아졌다.

교회에 다니면서 나는 많이 겸손해졌다. 교회에 나가면 오늘도 겸손을 배운다. 우리 집은 4층이다. 거실 창문을 통해 수암봉 봉우리를 볼 수 있다. 파란 하늘 아래 수암봉이 아름답게 보인다. 우리 집 거실에 앉아서 나는 수암봉을 바라본다. 그런데 반대로 내가 수암봉 위에 올라가서 우리 집을 찾아보았다. 그런데 도저히 찾을 수가 없다. 손톱보다 작게 보이는 집들 속에서 우리 집을 찾기란 불가능했다.

내가 밤하늘을 올려다보면 하늘 위에 수많은 별이 보인다. 나의 눈을 통해서 그 별들을 볼 수가 있다. 하지만 그 별에서 나를 보면 내가 보일까? 아니 보이지 않을 것이다. 넓은 우주의 관점에서 보면 나는 한낱 작은 먼지에 불과하다. 잘 났다고 거만할 것도 아니고, 힘들다고 주눅 들 필요도 없다. 최선을 다해서 오늘을 살고, 오늘을 살고 있음에 감사하면 된다. 교회에 다니면서 내 생각은 이렇게 달라졌다. 나는 겸손해졌고, 삶에 감사함을 느끼는 인간이 되어 가고 있다.

교회에 나가고 신앙을 갖게 된 것을 나는 매우 잘한 결정이라고 생각한다. 지금까지의 삶을 혼자서 주도적으로 해왔는데, 이제는 기댈 언덕이 생겼다. 내가 힘이 들 때 위로받을 대상이 생겼다.

"나와, 우리 가족에게 평안을 주소서!"

오늘도 나는 기도한다.

◆ ◆ ◆

　　인공지능(AI) 시대다. 현대 인류의 최대 관심사는 AI다. AI가 인간이 하는 대부분의 일을 대신할 것이라는 것은 부인할 수 없는 사실이다. 지금은 인간이 두뇌로 하는 일을 대신하고 있다. 아직 AI 초기 단계기 때문이다. 앞으로는 육체적인 노동도 AI가 대신할 것이다. AI 두뇌를 장착한 로봇이 인간이 하는 육체노동을 대신할 것이다. 이런 미래를 부인하는 사람은 없다. 머지않은 미래에 그렇게 된다.

　운전도 AI가 대신하고, 회계업무도 AI가 대신하고, 육체노동도 AI가 대신하는 시대가 되면 어떻게 될까? 그때가 되면 노동운동은 어떻게 될까?

　많은 노동자가 노동운동이 축소되리라 전망한다. 노동운동의 미래가 없다고도 말한다. 하지만 내 생각은 다르다.

　AI가 우리의 일을 대신하는 시대에는 노동운동이 더욱 필요하다. 그 첫 번째 이유는 균등한 분배 때문이다.

AI가 인간의 일을 대신하면 사용자들은 편하다. 더 많은 수익을 낼 수 있다. AI는 정비해 주고 전기만 공급하면 하루 24시간 일을 한다. 휴식이 필요하고 수면을 해야 하고, 음식을 공급해야 하는 인간과 다르다. AI가 공장에서 인간을 대신하면 기업인들의 이익은 확대될 것이다. 대신에 일자리를 잃은 노동자들의 평균 수입은 줄 것이다.

이럴 경우 어떻게 이익을 분배할 것인지 문제가 생긴다. 더 많은 이익을 거둔 기업과 일자리가 사라져서 수입이 감소한 노동자 사이에 적절한 타협과 절충이 필요하다. 이럴 경우를 노동조합은 대비해야 하고, 그럴 경우를 생각해서 노동자들은 조합활동을 계속해야 한다. 아니, 더 열심히 해야 한다. 그렇기에 나는 AI 시대에 노동운동이 더 중요하다고 판단하고 있다. 노동조합의 역할이 더 중요하리라 전망하고 있다.

AI를 맞이하여 노동운동도 달라져야 한다. 노동자의 권익만을 주장하고, 투쟁만을 앞세워서는 시대의 흐름에 뒤처질 수 있다. 노동조합이 우리 사회를 위한 봉사활동에 앞장서야 한다. 더 어려운 이웃을 돕는 사회공헌 활동도 전개해야 한다.

한국노총 안산지역지부는 그런 미래를 준비하고 있다. 사단법인 노동복지연구회를 설립한 이유가 그렇다. 지역사회의 소외된 곳을 찾아가 도움을 주고 있다. 지역사회의 구성원들과 함께 호흡하려고 노력하고 있다.

우리는 현재를 살지만 미래를 준비해야 한다. 현재에 안주하면 미래에는 뒤처진다. 나는 그런 삶을 살아왔다. 내일은 어떻게 할 것인가? 내년에는 무엇을 할 것인가? 늘 이런 고민을 하면서 인생을 살아왔다.

지난 30년간의 세월 동안 나는 노동운동을 하면서 살았다. 내 인생의 절반이 공장에서 흘린 땀 속에 녹아있고, 노동운동을 하면서 외친 함성 속에서 기화됐다.

지금 나는 그것을 고민한다. 앞으로는 어떻게 할 것인가? 방운제는 앞으로 어디에서, 어떤 위치에서, 어떤 방식으로 우리 사회를 위한 삶을 살아갈 것인가?

나는 그런 물음을 던져놓고 고민하고, 생각하고 있다. 그리고, 우리 사회를 위해 더 중요한 역할을 할 것이라고 스스로에게 용기를 불어넣고 있다.

이 책이 나를 응원하고 나에게 용기를 북돋아 줄 것이라고 기대한다.

지금까지 노동운동가로서의 나의 삶을 응원해 준, 또한 앞으로의 삶도 응원해 줄 나의 가족에게 감사하고 사랑한다는 말을 전한다.